U

字母會

單義性

L'abécédaire de la littérature

U comme Univocité

目次

L'abécédaire de la littérature: U comme Univocité

U如同「單義性」　楊凱麟

單義性

~~L'abécédaire de la littérature~~
~~U comme Univocité~~

事物的狀態一逕紛亂難料，生死存亡花開花落各自不同，意外、偶然與不可預測在每一具肉身上銘刻著專屬的生命事件，如果沒有這些痛苦的事件就沒有生命的差異與多元。文學書寫著這些事件、這些差異與這些紛亂，但並不是文字上的單純再現，即使經驗與身世的書寫再怎麼奇幻與不可思議，再現並不等於文學。

該怎麼思考事物狀態與書寫文字的關係？如果文字不是事物的再現，亦不是觀念（美文）的模仿，那麼詞與物的交會可以呈現何種文學風景？鄧斯·司各特（Duns Scot）以單義性來說明存有與書寫（表達）的關係。每個存在物都表達差異的聲音，經驗分歧而零亂，嘩嘩響著龐大的聲浪，毫不相同亦毫不同調，但這些聲音其實都傾訴著「存有被訴說的單一意義」。存在物的宇宙大合唱永遠分歧與發散，無可救藥地混亂，但有發散與分離的聲音只是為了訴說存有的單一意義。單義性就是所有事件指向的這個單一的「大寫聲音」，生命的獨一「大寫事件」。

事物紛亂偶然且毫無整合或類比的可能，因為事物的存在就是純粹的差異，紛亂且絕不相同的事件降臨是使差異不斷差異化的保證。這些總是「以差異連結到差異的差異們」卻鳴唱著單一與相同的大寫聲音。這並不是說事物狀態實際上是相同的，相反的，它們毫不相同，但確然的不相同與差異卻共同訴說著同一種聲音：存有的單義性。一邊是絕對差異的混沌大合唱，各式各樣永不妥協與絕不一致的差異與歧出，但另一邊這個差異卻表達了所有存有發出的單一意義。單一大寫聲音(單義性)來自所有事物，但事物之間卻是絕對的差異與分離。

單義性並不是要說不同的事物狀態其實是相同的。它首先是對差異的絕對肯定，事物狀態就是不可妥協的雜多，但所有雜多卻訴說著單一的聲音。單義性是從絕對的多與差異中所湧現的單一與相同表達，但這不是差異的削減，而是使不可聽見的單一與相同聲音藉由多與差異被聽見。

詞與物、語言表達與事物狀態、意義與事件、單義性與所有存有呱呱訴說的大合聲……既無關具體經驗的再現，也非抽象美文的模仿，在語言與事物的交界上，文學取得了獨一無二的位置，一邊朝紛亂的事物開放，一邊朝向語言的單義性，而且存有的單一聲音由差異事物的絕對混沌中發聲，這是由所有差異所訴說的單一意義。差異不可衰滅不可抹除不可忽略，在此才有著存有的單義性，這是詞與物的區別，也是由物到詞的轉化，文學無疑地正是見證。

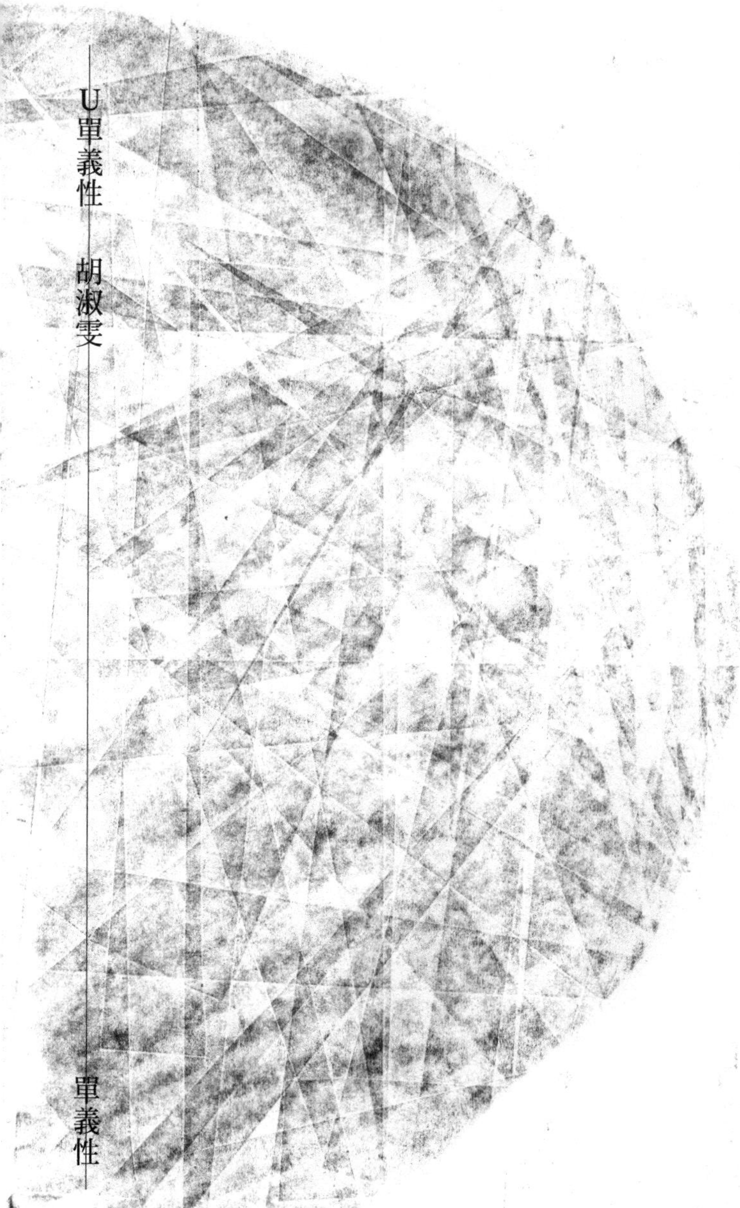

U單義性

胡淑雯

單義性

L'abécédaire de la littérature
U comme Univocité

小學的時候，同學們挨罵的原因，經常都是因為笑。升旗，排隊，演講，訓話，口號，敬禮，在領袖與秩序的教養下，儀式就是日常。當一群成年人虛張聲勢，搬演著連小孩都無法說服的場面，最怕的就是笑。笑是懷疑，是輕蔑。笑有傳染性，瞬間就能爆破一整片操場。

然而今天這場朝會，被叫上司令臺罰站的女孩，不是因為笑，而是因為自己有引人發笑的能力。她新剪的髮型歪掉了，從背後看去呈一道斜線，而且並不平整。這頭髮不行。今天是每個月的第二個週一，也是儀容檢查日。老師們在領袖的遺容底下檢閱學生的儀容。而這些師長最厲害的地方在於，他們可以從你的正面望穿，挑出你背後的毛病，也能從你壓低了眉心的，困滯的眼神閃爍中，算出你的心虛。一個笑的嫌疑犯。他們從你背後那幾雙不專心的眼睛裡，看到你的破壞力。

「妳，上來。」

被指到的人起初不敢動，繼而不敢不動。司令臺的功能就是下令。

女孩上了司令臺，訓導主任要她報上名字，報上年級與班號。她答得很小聲，這是不允許的。司令臺上的一切都具備教化的功能，必須傳播，尤其懲罰，懲罰是最需要觀眾的。於是麥克風堵上來，「大聲說，妳叫什麼名字？」訓導叫她轉過身，背向全班的同學，拍拍她的後腦，以麥克風的咆哮問她，這是誰剪的？

她說，是媽媽。

「誰剪的？」訓導說，「大聲告訴我們，誰剪的？」

媽媽剪的。

「妳媽媽是理髮師嗎？」

不是。

「為什麼不上理髮廳？」

（笨蛋，當然是為了省錢啊。）

女孩並沒有回出這句話。她嚇壞了。在司令臺上出言不遜，需要一點點挑釁的膽識與機靈。假如她說出這句話，整座操場就會笑出來了。但是她沒有這種勇氣。她不是那種有家世可靠的小孩，也不是那種絕望到自暴自棄的小孩。她知道自己只能以服從換取釋放，在輸掉最後一絲尊嚴之前悄悄撤退。在這種司令臺時刻，背向眾人反而成為一種隱遁，沒有人會看見她混合了羞愧與屈辱的，漲紅的臉。她不希望張小海看到自己的臉，她猜想自己的臉此刻，已經腫成正方形。假如你是一個小學高年級生，成績不太好，長得不太好，家境也不太好，那麼，學校就會是第一個，第一個在你的脆弱裡榨取尊嚴的地方。「為什麼不上理髮廳？」訓導把麥克風堵上來，要女孩回答。女孩沉默著，不想多做辯解，尤其不希望家裡的經濟狀況，成為司令臺上的話題。她只是輕聲，委屈地答：我媽媽說自己剪就好了。

「妳以為這樣很好看嗎？」麥克風繼續咆哮。

（不好看又怎樣？誰規定髮型一定要好看的？我又不是國中生，憑什麼用學生頭的標準挑剔我。）

當然，女孩沒有這樣說，她說的是：「我看不見自己的背後……」女孩的聲音黯淡，制服的顏色也黯淡，百褶裙的藍色明顯掉了幾階。那雙十二歲的，驟然抽高的長腿，令裙子顯得太短了，然而裙子的短，並沒有賦予她小太妹或壞學生的氣象，那裙子就只是舊了，就只是一種不足夠，一種趕不上，買不起，徒增淒涼而已。她雙手壓著身側的裙擺，將裙底的空間束緊，收小。拜託，千萬不要起風啊。她看起來就像在立正，讓訓導感到非常滿意。

「現在全校的同學都看到啦，」主任拍拍她的後腦，作勢將麥克風朝臺下遞出去，「你們說，好看不好看啊？」

司令臺下爆出熱烈的笑聲。這一次，無上的意志准許你笑，你最好不要不笑。

但是張小海沒有笑，他呆立在自己的影子旁，覺得太陽真大，影子的顏色好深。他望著操場上整齊排列的人影，禁不住顫抖。這就是學校嗎？

小海想起自己上一次罰站，不是因為不敬禮，而是因為在課堂上，與老師陷入「月球有沒有引力」的爭辯。五年級的他說，月球是有引力的，但老師堅稱沒有。這場爭論持續得並不夠久，因為其他同學沒有發言，老師最終以「生氣」結束了這場不三不四的天文爭議，將小海晾在講臺上，回頭繼續討論「床前明月光」。

小海記得當時的自己，站在黑板的一角，跟此刻站在司令臺上的女孩一樣，漲紅著臉，為著不該感到羞愧的事羞愧著。沒有人挺身而出，繼續論證月球到底有沒有引力，小海也沒有為司令臺上的女孩挺身而出，證明剪壞頭髮並不是為了作怪，更別說，歪斜的髮線究竟犯了哪一條校規。小海記得自己退進黑板底下清涼的幽暗中，望著全班的同學，一個個沒有表情的人偶，一半睡死了，另外一半眼神呆滯，在那悶熱的午後，困坐在一無所獲的課室當中。蟬聲已經遠了，再過幾分鐘就要下課，同學們巨大齊一朗讀課文，像是對著黑板頂端那尊裱了框的人像誦唸。那尊人像對教室裡的一切表示滿意，總是微微笑著，看起來非常慈祥。那是一堂國文課，而那位國文老師宣稱，月球沒有引力。你不可以笑，笑是懷疑。小海就是因為笑了，才被老師叫上臺的。「月亮古稱太陰，」老師繼續上課，「又稱玄兔，望舒，『千里共嬋娟』，你們一定都聽過吧，對，嬋娟也是月亮的意思。」月球有許多名字，就是沒有引力。

於今，看著朝會上那女孩可憐兮兮的背影，那肩膀上定止不動的，歪斜的髮線，小海的心裡刮起一陣大風，祕密降下一場暴雨。小海心懷恐懼卻不失驚喜地發現了，以壞孩子的直覺發現了：無知與專橫是一體的，自己從今而後所要抵抗的對象，已經超越了個人層次的所謂「老師」。

因為我是壞孩子，所以我是好孩子。小海在心底這樣對自己說。

這種「操場」發生過太多事了。比如七、八年前那個溼漉漉的春天，無上的領袖死了，北部的學生全都被集合起來密集特訓，迎柩哭靈，與臺北隔著雪山山脈的宜蘭同樣無法倖免，小海剛上中學的小舅舅，每天早晚都要在操場集合，練唱紀念歌。死人才剛入殮，紀念歌就彷彿待命已久似的，推出兩個版本，其中一個版本是詰屈聱牙的文言文，曲調詭譎乖異，將練唱的中學生折磨成音癡與文盲，另一首則淺白易懂，雄渾激昂，迅速成為流行歌。那個月，官辦的「法會」沒完沒了，硬是將春天摘掉顏色，化作綿綿不絕的黑與灰。一個淒風苦雨的傍晚，全校的同學套著雨衣，列隊練唱，整座操場迴盪著不斷分岔走音的鬼哭神嚎，據海舅舅說，連附近的鳥雀與貓狗都被嚇跑了，不知有多少人在尿急，而憋尿是對自己身體的專制練習。斜風細雨中唱了幾輪，唱到雨聲都暫停了，天色在日暮中微微亮起，海舅舅的眼角瞄到左前方，一道長長的水瀑，自同學的胯下悄悄宣泄，流經整條小腿內側，溢出白色的球鞋，逃離噪音的蹂躪，鑽進練唱少年腳下那片操場的紅土地。

小舅舅告訴小海，他和那座操場有約。彼時十四歲的海舅舅暗暗立誓，要用一輩子的時間，以詩歌爆破操場上所有的司令臺。多年來，他緊緊守護著這個約定。那個在操場上尿失禁的少年，至今依舊穿著雨衣，在海舅舅的心底顫抖，靜靜噴出黃色的熱氣。那個少年從未死去，卻也不曾長大，鬼魅般的少年不會長大也不會變老。然而這個少年，據海舅舅的說法，這少年一旦被詩歌召喚而重獲生命，便能啟動自己一再被延滯的發育週期，再度成為一個人，一個擁有「主格」的少年。

因為我是壞孩子，所以我是好孩子。這句話，是海舅舅告訴他的。

小海閉上眼睛，腦子裡清晰刻劃著「老師」的抽象神情：一張與小孩子爭辯不休的，憤怒而窘迫的臉，「月球上沒有引力」。與學生吵架的時候，他的臉漸漸膨脹彷彿蒸籠裡的麵團，紅通通沸著熱氣，喋喋不休，以學校賦予他的人偶暴力，要小海承認月球沒有引力。在誰也不讓誰的僵局裡，老師失去人形，變成一隻失去重力的龜，在引力盡失的月球表面，漂浮於不斷上升的氣流中，嘴角冒著濃濁的氣泡，話一出口就散了。

壞小孩不肯讓步的時刻，對老師來說，每一秒都是煎熬，體制通過小孩的執拗，反過來刺傷了他，毀損了他身為老師的權威。在那即將毀滅的星球，只有兩個人對著潮汐，爭辯著引力的問題。而睡死的同學們，沒能欣賞到這一刻暴力的醜陋。罰站的小孩，那個其實也忐忑不安的小海，為了尊嚴地度過懲罰的分分秒秒，啟動了孩子的想像力，想像有一道自天頂降下的勾，輕輕巧巧擺正了他的頭顱，讓他不至於垂頭喪氣。小海沒有武器跟老師對幹，只能在心裡刻劃所有的細節，記住這一刻，讓受傷的尊嚴，滲流而出的膿汁，成為書寫與塗鴉的顏料。可惜當時，沒有人與小海共享這暴力與想像力的對峙，同學們缺乏觀看的興致，他們正在瞌睡，或者其實，他們幼小的感官尚未發育完成，卻已然在教條的灌輸下疲憊不堪，陷入痲木，無法與小海同在，抓住那稍縱即逝的，暴力被抽象化的瞬間，由醜陋到美學的蛻變。

這種操場發生過許多事。比如三年前，司令臺上發布了一樁舉國公告的通緝令：有個「叛國賊」在逃，在全省流竄，每一個人，包括小孩，都有義務尋找他，指認他，舉報他，司令臺上端出逃犯的放大照片，校長拿起大聲公，用力說出那個人的名字。那時，小海二年級，是一個很乖的小學生，每日放學回家第一件事，就是把功課寫完，睡前最後一件事，是把制服穿上。上學是不可以遲到的。他害怕學校，所以他很乖。施明德很壞。在日復一日的宣傳中，小海相信這個人會殺人，搶劫，放火，會挾持小朋友，他甚至會強姦並殺害女人。那個十二月，小海無論走到哪裡，都懷疑自己撞見了逃犯的幻影，他曾經躲在公車的最末一排，在斜斜淡淡的夕陽裡，以眼神喝止他不准叫，也曾經滑過菜市場屠肉攤後方，那條臭烘烘，溼漉漉，冒著血腥的水道。入夜後，他會躲在樹梢上，像一條安靜的巨蟒。他不但會爬樹，還會飛，必要的時候，他可以將身體縮成無限小，鑽進路邊棄置的紙箱裡面。照理說，每一個壞人都只能有一到兩個專長，畢竟，作惡是很專業的事，然而那個逃犯卻上天下地無所不能，就連小海去剪頭髮的時候都看見了，他隱身在理髮廳的三色霓虹燈底下，一列矮矮的樹叢裡，下巴裹著整形後的紗布，以威脅性的微笑暗示他：我知道你是誰，我會跟著你。小海目不斜視走進理髮廳，任刀剪喀嚓喀擦在耳邊巡弋，逃犯在鏡子裡一個閃身，鑽進花瓶裡了，但小海不敢動也不敢出聲，在一陣憋不住的尿意底下，昏厥在理髮師錯愕的咒罵聲裡。

三年後，月亮在課堂上失去了引力，剪壞頭髮的隔壁班女孩在司令臺上失去了自尊，小海偷了媽媽的錢，去文具店買了一冊筆記本，默默地，開始寫起了一種，類似日記的東西。因為孤獨的緣故，壞小孩渴望創造，跌進另一個宇宙。終於，小海知道自己的舅舅為何要寫詩了。在亂七八糟歪歪扭扭的亂寫與塗鴉中，發育出不受常規符碼安排的，嶄新的話語，在無人知曉也不求讀者的筆記本裡撒野、謾罵、口吃、滑倒，時而目光如炬，時而視野模糊。鄙夷老師。鄙夷訓導。鄙夷校長。那不是我可以得到教育的地方。我無法讓自己跟他們一起，停留在那樣的世界裡。小海在日記裡這麼說。

在成為自己與不可能成為自己的，永恆的半途中，小海暗暗對自己立誓，絕不接受那些人的教誨。關係解體了。小海再也不認他們了。為了保有這個祕密，不被敵人發現，小海在學校成為一個不說話的人，而不是力求頂撞的人。頂撞是一種邀請，而小海再也不想邀請那些人，進入自己哪怕是生命最膚淺的表皮。不要來煩我，不要來犯我。為了抵開那些包圍他的，吞噬他的力量，為了不被銷毀，不被同化，他決定將自己訓練成一個完美的祕密，藏好。擁有祕密，成為一株安靜得像植物的祕密，就得以跟那些人保持距離。知識在學校裡挨餓，溫柔在學校裡挨餓，殘酷吃得飽飽的。為了不讓學校進入自己，小海乖乖上學，從不遲到早退，也絕對不讓自己的成績落後，以免成為老師關心的對象。為了供養自己身為孩子的，饑餓的心靈，小海甚至開始偷東西，將偷盜的公物或同學的文具丟棄在臭水溝裡。小海從不使用那些東西，他盜而不取，這是一個壞小孩的微型叛亂，軟性革命。他的身手很好，像個逃犯，走路像貓，從不失風。因為安靜的緣故，看起來很聽話，成功地盜取了好學生的名。

我是不說謊的
我只是微笑著保持沉默
不告訴任何人我真正的感覺
因為我是好孩子　所以我是壞孩子

這是日本詩人，谷川俊太郎說的。

多年後，那個頭髮剪歪的女孩認識了另一個女孩，另一個女孩告訴歪髮女：「我跟司令臺也有過一段遭遇，那件事，表面上，看起來跟妳遇到的不太一樣，其實一樣。」她說：那一年，那個通緝犯在逃的第五或第七日，也許第十二日，或者第二十日，總之我太害怕了，時間感很混亂，記不清楚了。那天一早的朝會，校長喊了我的名字，要我站上司令臺，面對全校的同學，讓大家看看我的樣子。因為我是那個通緝犯的女兒。我不記得自己是怎麼走上臺的，也不記得上臺後那些師長說了什麼，不記得臺下的同學對我說了或做了什麼，不記得他們的眼神，也不記得自己後來，是怎麼下臺的。那天有下雨嗎？我有哭嗎？我全都不記得。原來遺忘是這樣的啊。那些主張遺忘的人真的瞭解遺忘嗎？遺忘是我的藥，不是他們的藥。除了遺忘，我找不到任何一點點保護，所以我忘了，像一顆石頭或一截木頭那樣，硬梆梆，像一顆木瓜那麼傻，像一粒香瓜那麼啞。除了遺忘，我找不到活下去的辦法。像一頭斷尾的小蛇，再也想不起來了。那一年我十三歲，剛上國中。我爸爸逃了二十六天才被捕。在那二十六天中的某一天，家裡的大門被橇開了，有人闖進我們家，但這不是第一次，我們已經不懂得驚慌了。來人要的不是財物或金錢，我跟媽媽機械性地把凌亂破碎的客廳，飯廳，廚房，浴室，整理收拾一陣，沒抱怨，也懶得咒罵誰，像久經受虐的人一樣麻木，買了便當，潦草吃一吃，澡也不洗，就準備要睡了。我回到自己的臥室，感覺床鋪略有異樣，太整齊了，像是有誰整理過，可見客廳被那些人翻得有多亂。我好累，掀開被子只想鑽進去，但床上躺著一把菜刀。我認得那把刀，那是我家的菜刀。他們真的很有心。從那天開始，直到現在，我再也不曾握過任何一把菜刀。也是從那天開始，我得了失眠症。不論我人在哪裡，都要對著房門與大門才敢入睡。假如從房門的角度看不到大門，我就睡在客廳，假如客廳的沙發沒有對著正門，我就移動它。即使出門旅行，住在旅館，民宿，或借宿朋友家，也是一樣。

「那出國呢？」歪髮女問。

出國也一樣。她繼續說：我無法自然入睡，必須服藥，也必須對著大門躺下。

「直到今天？」

對，直到今天。

直到四十年後的今天。

注：本篇第一句話，引述自河合隼雄的《孩子與惡》。

U 單義性

童偉格

單義性

~~*L'abécédaire de la littérature*~~
~~*U comme Univocité*~~

姊姊和離婚多年的姊夫，最近又結婚了，特地邀吳佩真在今天，去家裡吃頓便飯。吳想了想，決定還是把自己整理得乾乾淨淨，前去赴約。正中午，姊夫的父親自然是在家的，據說最近染了髮，且積極健身，但吳只覺得，和她記得的樣子沒什麼差別。也和多年前相似，無論和誰正聊著什麼，他都會自動導航，細數自己終身擔任房東一職，種種不為人知的艱難。一樣待客熱絡；一樣對她而言，話題至此，十分難以打斷或跟隨。

總算，姊夫接小孩回來了。小孩看上去八風吹不動，很難判別歲數，只在終於開口答話數語後，才讓吳放下心來：他確實是剛入讀小學無誤。姊夫倒是模樣顯老了，說是近一年來，都在附近停車場打工，現在，能立馬認出的車型很不少。

一頓飯吃著，像看著大小星球同時自轉暨公轉，讓吳頗感暈眩。當小孩扔下飯碗，衝進房裡，溜了截七彩帶輪的葫蘆狀滑板（據說學名叫「蛇板」）出來，轟隆隆說要出門玩時，吳趕緊起身，隨姊姊一同被溜走了。小孩領她們搭電梯，從至頂，徐徐下達二十幾層樓，時間足夠吳通讀兩壁公告。出了大門，她們轉去樓側遊樂場。

從所在，望向四周樓群，會覺得這就是城市尋常一角，一個尋常的封閉社區。樓是比較舊了，但可能，即便再更舊，也不會給人什麼特殊印象。

只有在親身置身其內時，才能意會到裡頭特別封存的時空。過去造訪時，吳總感覺自己，像能親見更多年前，建商如何買地起樓，地主們，如何回住自己分得的樓屋，像遷入一座將昔日塊土，層疊壘高的新農村。昔時農路豎成電梯井，他們，在數十年不易的內景裡上溯下行，駕馭萬有引力，延異某種放牧物產與人資的營生。

今日，吳覺得這樣一個社區，也可說是一直預告著未來。如那種最尋常的科幻設定：人一輩子，可以僅在同一幢大樓裡生活，樓裡一切所藏，支應他們終身所需。吳認為大樓公設中，遲早該有分類密藏昔往的展示間。如四季節候之室：有的房間霜雪；有的晴明。如戰爭或和平之室，保藏人的猝死，或一長段漫漶浸染、全無戲劇性的承平年歲。如此，人人一生無有匱乏。

站在遊樂場上，吳默想這樣一種生活，看著姊姊走遠些，與她站成某種防護圈，護住她們眼前，這位孤自執拗練摔的小孩。吳四顧，莫名有點感傷。或許，是因她期待，好歹，眼前也該出現個小孩的同齡玩伴——最好，他們也駕著別有紋飾的摩登飛行器；最好，玩伴相見時本能歡喜，像一隻小獼猴，撞見另隻小獼猴。

她感傷，也可能，僅是因在這莫名空檔裡，她意識到，就像在從前另些空檔中一樣，姊姊自然信任她，視她為同伴。

姊姊是蔡奕賢的姊姊。蔡大學畢業，留下一輛破機車，和與吳同居的租屋處，去服兵役了。蔡還留下一房間舊物，要她搬過去擠；空出她原先的房間，讓剛離婚的姊姊搬進來。蔡說他這是在「託孤」。

原詞如此，語境惱人。蔡自以為的幽默。

◆

租屋處在衛星市鎮河濱，過了橋，就到城裡，吳就讀的大學。一頂坐地合法的頂樓加蓋鐵皮屋，進入鐵門，L型陽臺圈圍兩面窗牆。最後，終於長過蔡的役期，一些年，幾乎每天清早，吳躺在床上，感覺姊姊出屋，出現在她房間北窗，繞到西窗外，開鐵門，關鐵門，輕輕沉下樓。上班日，姊姊去馬路邊，騎樓底，一家藥房門口等公車。姊姊進城，去保險公司當會計。休假日，姊姊還是原地等公車，仍然進城，去探視她的孩子。

舊街區，整片公寓地面層都未設大門；那些樓梯間，就像同一暗巷的許多枝椏，枝椏彎折上攀，直上各自公寓內裡。地面層沒有門，公寓二樓以上也就沒有各自信箱，所有信件，都被郵差丟包於樓梯階面兩側，十分坦蕩，浸潤、印染了投遞當日，一路的氣象與行跡。吳就是在那裡，在寒流邊際，撿到了蔡由島寄來的首封信。距蔡前去，時差半個多月。

吳就在樓梯間拆信，從白色標準信封裡，取出一疊紅框線十行信箋。信箋兩面，內容片段挨擠。想是在珍貴的獨處時光裡，蔡想儉省著，跟她多說些話。

她貼眼細讀，看這一角，蔡說他抵達了，說當船艙打開，就看見了島：雨霧中，一面直逼海岸線的偌大山崖。海是混濁的，因適逢港口歲修；一岸老鳥放下手邊工作，歡呼嘶吼，慶祝新兵入甕。岸上，睡眼惺忪的班長某整隊，取一垃圾袋舊外套，要下船的新兵們領取，都披上。蔡說，這一切給新兵一員他，一個頗正向的安慰：有朝一日，他也要在岸邊幸災樂禍；到他能離開時，他也要留下這麼件更加破爛的皮囊，送給初登港之人。

那一角，蔡說新兵營區抗海而立，像要陸沉，維修工作無止無盡。前幾天，他們忙著清理伙房外頭，有標準游泳池那麼廣的油水分離槽。他們整日刮撈水上廢油，一掬一掬，盛滿原就是裝沙拉油的四方鐵桶，再將鐵桶挑到海灘上倒空。忙完當夜，退潮時分，碩風突起，那些腥亮海砂顆粒不漏，盡數回噴營舍，讓他們得再繼續勞動。這裡頭，有一種頗神祕的，關於人力與風力、油質暨水質的生態循環。

最後一張信紙，完全太像順帶夾寄，蔡練起大字，寥寥數語，寫給姊姊。她呆了呆，生起信封的氣。她收好信，想著晚間可揀蔡的哪些記述，說給姊姊聽；以及，回信時，可寫上目前生活裡的哪些事，讓蔡知曉。

就說那日，姊姊不想上班。趁減價時段，她遂騎著蔡的破車，載姊姊去KTV晨唱。她們先到外面超商，備齊零食飲料，藏妥，帶進包廂裡。包廂漆黑四壁，與螢幕霓光，在白日看來頗滑稽。這時，她看見姊姊四顧，做賊一樣，把手伸進提袋中取物，臉紅紅地，偷偷對她笑。看著，她突然覺得，好不好，她們乾脆就在包廂住下來算了。

租屋處變得好香，從姊姊遷入那天起。姊姊真是吳見過，作息最規律、最愛整潔之人。只是，有些日子，當姊姊出門吳就起床，也像做賊一樣，潛行到客廳，聽四周鄰人聲響漫漶，看一室窗明几淨，空空蕩蕩地，這時，她好想跟蔡說，自己事實上，無事可為姊姊做。

大概，只除了默默陪伴，或積極尋找談資。後者不見得比較容易，只因吳發覺，任何遠遠說起之事，對目前的姊姊而言，很少絕無寓意。那太像一種刻意迂迴的勸解；具體，就是閒聊的結束。

吳覺得自己快不能勝任了。

◆

吳佩真很有空，主要因為大學後段課不多，也因為關於更遠將來，她自己的定見更少。在剩下的課裡，她從不缺席的，只有以前常聽蔡提起的，一門英語聽力訓練課。那課內容，果然就像課名，絲毫沒有抽象成分。基本上，那課也不太見得到老師，上課時間，她就是坐在一長排圍有桌板的座位其中一格，戴上耳機，獨自操作面前一架錄音機，反覆倒帶，不斷重聽，把聽到的每個句子，都確切寫下來。下課前，她會領到一張正確文稿，關於剛剛聽說的故事。她比對文稿和自己寫下的，自己作訂正。訂正好，若無其他疑問，課就算上完了，可以走了。

故事時常，遠遠地無關此在。就說，從前從前，有位國王，痴心喜愛一匹馬，到了盼望牠能跟自己說話的地步。國王想，馬之所以不說話，必定是病了，於是，他召來一位位醫生，問他們同一個問題：有無辦法治癒馬，讓牠說話。如果醫生表示無法，或對問題感到困惑，或僅是對真誠提問的國王，露出一絲關懷，國王就會殺了他。

國王甚且不接受替代方案，例如巫覡問喻，或腹語術等等。往往，這類提議只會引起國王的憤怒，視為欺詐，因而導致更殘暴的凌遲。對國王而言，要求極其單純，因此不容妥協：他就要馬能和他說話，就像個正常人那樣。

如此，這國家的醫生，就一天天稀少了。

王國歷史悠久，人民有逆來順受的深厚素養。一代一代，他們見識、也應付過歷任國王的瘋狂要求，然而，沒有任何一位，比現任這位瘋得更內向，更執拗，更使他們不知所措，無事可為。

有一天，一位青年獸醫前來，說他知道如何醫好馬，要求覲見國王。國王依請求，闢室單獨與他密談。談完，國王流著淚，親領獸醫前往宮殿內，一間特別豪華的房間裡，由獸醫將馬牽出，走出宮殿，去向獸醫生活的小村莊。

國王仍然流著淚，站在臺階上，目送他們，揮手與他們作別。

流言哄傳。原本，大家都以為獸醫一席懇談，讓國王醒悟自己的瘋狂，不再強求不可能的事，因此，頗想知道他，究竟都跟國王談了什麼。後來，他們才摸索清楚，其實，獸醫並未讓國王醒悟什麼，他只是勸服國王：馬需要長期療程，與安靜的療養環境。他向國王要求十年，至多。到時，或在那之前，他會從小村莊，親自將馬送回國王面前。

到時，馬就會跟國王說話了。

是喔這麼好，她趕緊寫下來。下課時，她常常沒有任何疑問，不管故事好壞，整個故事裡，那些錯聽、漏聽與聽不懂的，現在，她都「原來如此喔」，比蔡曾加油添醋轉述給她聽的版本，更加妥當地記憶了。這給她一種不虛此行的感覺，彷彿等一下，當她走出這個收藏聲音的密室時，一個更易解的蔡，就會出現在眼前。

吳佩真從未告訴任何人，某些當日無課的清晨，她也會專程到學校。她去校園湖畔，看歐巴桑們練晨舞。晨舞會中樞，是八九位衣著一致的人——不容人不明瞭，她們情同姊妹。而姊妹群中樞，正是姊夫的母親。她就靜靜坐在一旁，觀察這位傳說中的女王。她盡可以仔細觀察，反正女王習慣受注目。反正女王不會記得她。

這麼觀察一位她知曉對方大小事跡，但對方並不記得她的人，看這人的舞姿和表情，感覺滿有趣的，像在看一位虛構人物。當時吳不知道的只是，在這麼看著她跳舞之後數年，她就要死於胃癌了。

吳不知道今天，會有這樣的重逢：在那間高空餐室聚餐，她抬頭，就看見她的遺照。同一張她臨摹頗深的，幸福且自信的臉，像一位總是溫暖家屋的母親。

◆

一位母親說，只是一頓便飯，邀的是她吳佩真，並不因為蔡奕賢。吳想不出，有什麼更其精簡的答覆，除了整頓自己，到不讓人擔心的程度，然後親身赴約。像從前，偶爾陪伴她前來探視一樣，吳靜靜守候，直到那片自足的遊樂場，終於長滿了一社區的母親與小孩時，吳才像把心交出來那般，好好地，與她道別了。

姊姊看著她，良久良久，像真確有什麼，被妥善地摺進了沉默裡。

但蔡奕賢竟然就睡著了，在北返路上，在吳佩真隔壁座位。她偏過頭，縮身假寐，偶爾張眼，覷看夜車穿省道，過平原；看大聚落集合街巷，圈圍成偶然星團。但事實上，她知道，在這座島上，無人田野總也擺置了更其費心的恆定：行行溫室千里綿延，條狀日光，在夜霧底層，以近即永晝，催促瓜果生熟。在至南到極北的中途，偶然星團其一，某個僻角，立著她的家屋。她覷眼，看夜車駛入中學時代，每個上學日，她必會騎腳踏車橫過的鎮心，怠速暫停。

空蕩鎮心，幾人下車，更少人補上。她決定等十秒：如果他再那樣安心地熟睡，她就要下車，回自己家，離開他。知道嗎，她盯著他的臉，默默跟他說：你沒有權力這樣對待我。她數了三個十秒，他還是不動，夜車也不動。她起身，輕輕跨過他，把所有從他家拿的禮物都留給他，獨自下車。她站在對街騎樓，目送夜車駛離，載著他和他的夢境，和所有陌生人，駛出她的鎮心。

夜很沉靜，所有騎樓商家，鐵捲門都拉上了。她不記得自己，是否曾在這樣時刻，在這片街區走動，印象中沒有。她好想打電話，給蔡的母親。對呀，我們還在路上，他睡著了。她都聽見自己這麼開口跟她說了。我想問妳啊，妳昨天說的那個什麼菜，妳可以再跟我說一遍怎麼做嗎。她都聽見她在教自己怎麼做了，自然親切的，好有耐心的。

那時，她真的幾乎就要打電話給她了，如果不是她發現自己置身在荒僻小路，而野蟲叫得這般亮，而自己腳步聲這般響；如果不是她想起，那間裁製衣物的家庭作坊，此時總算安靜了，而電話那頭，她必然輕易就能識穿她從來不高明的偽裝。

她害怕電話那頭，她會突然沉默。同時那沉默，會讓她意識到自己，真的做了件挺過分的事，比綁匪還過分的事：丟棄一名酣睡的兒子，隨即打電話，跟他的母親話家常。她也害怕她還是笑笑，一如以往，裝作不知不覺。是這樣的，我好像有點昏昏沉沉走太遠了，或靠太近了，如果這問題太幼稚，請您原諒我，及所有事，並耐心教導我合宜步驟。她害怕自己終於開口問：人們是不是都是這麼陪伴彼此，磨合彼此夢境，且終能長久同在的。

◆

一位母親說，這是因公殉職，希望岸上能有個紀念碑。

母親再說，我們可以自己出錢做。

但那是一座滿布紀念碑的小島，幾乎可以說，島上最昂貴的，正是無名塊土。

母親退回裁衣坊，封印孩子在其中長大的房間，紀念他。那一斗室的漫畫與模型，會使人錯覺他是在離家、北上讀書那刻隨即故去。母親只好望向她，這樣一名轉述者，或保管員，像是看穿她，盯見蔡將要一點一點，兌現在眼前。

母親用餘生在看穿她：在所有終將一點一點，遺忘蔡的人當中，她不會是最輕易，也不會是最艱難的一員。某種意義，她既不特別壞，也不特別好。

但蔡奕賢竟然就睡著了，沒有聽見故事如何結束——最後，是否那匹馬，真就開口說話了。下課鈴吵醒他，他不好意思去領訂正稿，索性當作這堂課，自己沒出現過。她寫信給他，說她終於聽到原版結局了，但發誓，永遠都不要告訴他。

她沒有說，不告訴他，是因為那原版結局毫不魔幻，一點也比不上他編的有趣。就說，在小村莊的獸醫院裡，馬被照料得很好，也幫了獸醫很多忙。有牠拉車，獸醫就能去到較遠的地方看診，也能將傷重的家畜，運回獸醫院療養。村莊的大家，當然都極感謝獸醫和馬，但隨著日子一天天飛逝，他們也開始為獸醫擔憂，不知在與國王的約期內，馬是否真能開口說話。

每當他們問起，獸醫都沉默不語。有一天，從看診之途回返，他下車，卸馬，讓牠在一片無主草原上，自在漫遊一會。坐在路旁，他看夕陽，看炊煙，看遠近歸返的人流，看大家都活得好好的，於是傻傻地笑了。像說起一個慎重的祕密，他對著遠方的馬，小小聲說起話來。

這很簡單，他說，但可惜，只有我會笨到去承擔。我理解十年，是段很長的時間，其中會發生很多事。或者，是國王會死去。或者，是我死去。或者，是你在被我治癒前死去。或者，是你竟然就開口說話了。

她說，蔡很受教，知道以後不能省信封了。但請記得，給姊姊的信也要多寫字，不得敷衍。「P. S.」，你看過的書真的都好臭。

她沒有說，她就是坐在蔡那臭哄哄的房間裡，一面寫信給他，一面想著，這其實挺滑稽的：有一天，收信人還得跨海，把所有信再背回來還她，彷彿真的，一切話語、無盡寓意只能歸向她。她轉頭，透過房門，看隔著客廳，姊姊在她原來的房間裡。時常，整個租屋處知明知暗，確實也像「家」了。

但在遠方，在那安靜的家庭作坊，母親終於還是知情了。在近處，闃暗客廳裡，電話響起了。在片刻安靜後，彷彿一切將被更其恆定地，擰進方位顛倒的鏡像裡：她會看見，那個從她房裡走來接電話的人，如今，走到她面前，告知她，原在這房裡之人的死訊。

她說，那真是挺幽默的。彷彿只是蔡，決定索性不登上那最初之岸，不理睬傳遞的時差，在今日跌身入海，睡去前刻，邀她一同，永遠覷看船與港的合圍。

U單義性　駱以軍

單義性

~~*L'abécédaire de la littérature*~~
~~*U comme Univocité*~~

我們在那個旅館房間裡接吻，怎麼描述呢？像是個周遭都是水聲，月夜池塘，池畔的蛙、水禽、水底的魚，各自翻跳出一瞬潑水聲，我已經不再是年輕人了，但和這個女人接吻，那種清新如朝露，暈眩迷醉，軟軟甜甜的小舌尖和我的舌頭撩碰著。我的手輕輕地壓著她的後腦勺，聽見她像嘆息那樣從喉間發出：「唔……」

這個旅館的房間，有一種一夜夫妻的不確定、暫且安全，也許我們會性交，但共眠的第二天必須分手走出，恢復成陌路之人。她的丈夫正從歐洲開完會，此刻可能在孟買機場轉機，我闖進了這個，她和我的臉都薄薄一層犯罪者微光，沉默不多話，但應該是她的祕境裡。偷情，偷人家的女人，且是在這麼昂貴的高樓層飯店，說實話有一種好像很久以前，走進唱片行，在一格一格疊放的薄膠封住，我完全不懂的外國歌手臉像、剪影、英文字句的薄薄硬紙殼間，想要翻找我想買的那張……，那種分心和慌張。女人當然有在這時光中，她不止在偷情，而像是太空船將要脫離母艦，要離開這個丈夫的決定前夕，就像我這樣摟著她的纖腰，近距離感受女性身軀的嬝娜、衣服縐褶所形成的繁複觸感，還有一種昂貴的芬芳，但仍然從她的神情，我幾乎知道隔著一層美麗的臉，裡面像濛著金黃光輝的線路，正在顫抖、電流亂竄，進行著運算。

她告訴我，她丈夫還不知道她這邊虧空了那麼大數目的錢，我問她有多大？她說：二千萬。媽啊怎麼會那麼多？女人嘆口氣：不然你看我身上這些怎麼來的？我低頭發現她穿的綢質長睡褲，上頭像小碎花其實印的全是LV的mark。

我覺得我們好像大難將至，正被圍城的皇室，真的，我看網路視頻，崇禎在北京城將破前夕，那惶惶無處可逃的恐懼，應該就是這種心情。她應該在那臺漂亮的筆電，像收拾細軟，處理一些還可以轉移的帳戶。

但這又不是我真正的感覺。我和她待在這個空間裡，其實是一種帝國殘存的夢境餘燼或殘骸，我們的周遭：那亂針刺繡的波斯地毯，捷克手工玻璃鸛鳥圖案的壁燈，像奧地利皇室的曲臂鑲金葉沙發，泡茶的高級汝窯瓷壺和小杯，或那瓶二〇〇六年的Réserve des Célestins紅酒，或我們走下樓，那門僮替她開來的奧迪休旅車，這種手工、銀質、玻璃、刺繡、繪畫構圖的眼花撩亂、細節可以不斷進入的奢侈感，其實是一百多年前納修歐洲王室、在他們的殖民地旅行，所鋪展的「活著的時空」。為什麼我跟她跑到這別人的夢景裡啦？

有段時間，我離開她，離開那房間，坐在這層走廊電梯前的一張貴妃椅吸菸，我想她的丈夫或會像電影裡演的007詹姆斯龐德那些金髮碧眼的外國人，從電梯走出，上來就給我一拳。其實我嘴裡回味的，那女人剛剛長時間深吻，那種唇蜜的冷香，像彈奏一簧管樂器，細緻的變化、心領神會的微細反應。很多年前，她還是少女的時候，我們在同一個中學班級，坐在隔壁，那時她就出落像一朵芙蓉那樣的大美人啦。而我是班上永遠的最後一名，有次考試，我們像每一次作弊，她把考卷翻給我抄，但那過程我們爭吵了起來，似乎是我將她考卷上寫的化學公式，抄到我的空白答案卷時，抄錯了，她生氣地斥責我。

但那是不可能的啊，想想在那樣的考試中途，監考老師站在講臺上方，眼神如鷹隼掃巡著下方每個低頭寫考卷的學生，我們怎麼可能撬開一個時空的空隙，在那裡頭爭辯？很意外的，那次的考試，我排名竟排到她前面，於是這少女便寫了張紙條，宣告我們斷交。

我忘了我們應該有一個禮拜沒有說話，像陌生人一樣。有一天放學的路上，我走到快到家的巷口，看見她背著書包面壁等在那兒。我喊她，她轉過身，滿臉是淚。那時我便知道這馬子喜歡上我了。

所以這是一個媽的像《我的少女時代》、《那些年，我們一起追的女孩》那樣的青春愛情故事？

不是的，我是想講一種類型：那個戒嚴年代，我描述的巷弄人家圍牆，會探頭伸出木瓜樹、桂圓樹、芒果樹、杜鵑、棕櫚、桂花，一個枝葉扶疏、影影綽綽，白襯衫黑褶裙，一種好像也弄不清自己輪廓、想像自己能像鳥飛在天空，對未來喜歡說「惘惘的威脅」，那樣的外省馬子。她們脾氣剛烈，但有情有義，我記得後來我落榜了，進入重考班，交了一些混混朋友，有次闖了禍逃家，還從彰化打電話給她，託她跟我媽說我很平安，不要擔心。電話中這馬子還把我訓了一頓。

很多年後，這次是她闖了大禍吧？我來到她的房間，像小偷在地窖不小心踢翻一瓶酒，不管了把擋路的酒瓶全踢倒摔碎，那樣撬開她的貝齒，將舌頭伸進去。這應該就是所謂的「打開潘朵拉的盒子」？災難、恐怖、嫉妒、暴力、殺戮、瘟疫，全釋放到人間。我的手又忍不住撫摸她的胸部、柔滑的綢衫下乳罩的韌性材質擋住了想像的柔糯握感，但那突起的弧形讓我更興奮。

她說：「我丈夫……我丈夫會殺了我們。」

我說：「他敢？我殺了他。」

她摀著臉啜泣，說：「不許你傷害他。」

他媽的這是哪一齣？我哄她：「好，我不傷害他。」

她說：「我是個壞女人。」我以為她會哭得更撕心掏肺，沒想到她沒有，臉上帶著狡黠的笑，眼睛閃著快樂的波光。

讓我想想這是怎麼回事吧？幾個月前，我去聽了一場演唱會，那位幾年前因為「國旗事件」遭大陸封殺的療癒系女歌手，在三千多人的演唱會廳，突然大聊起「孟山都」（Monsanto），她要大家一起抵制這個邪惡的除草劑和基因改造種子公司，她講了許多對我（或臺下所有聽眾）丈二金剛、陌生遙遠的詞：「生物剽竊」、「生物多樣性之毀滅」、賄賂各國農業部官員，以進口有害的基因改造種子，包括拉丁美洲、東南亞、印度、非洲、中國，原生的玉蜀黍、黃豆、大麥、小麥都受到這孟山都基因魔鬼的侵襲。但是回家後，我想我要怎麼反對這個像外星人入侵一般科幻的Monsanto呢？

我上網查了一些關於孟山都的文章，有說到在印度，農民受到種子公司的欺騙，把傳統幾千年「保留種子」的習慣改變，每一年播種必須買新的種子，同時綑綁使用指定的肥料、除草劑和除蟲劑。而農民在一年耕作後發現孟山都的基因改良種子並不如他們吹噓的那樣優良，想要改種回傳統種子，卻發現大部分農民因改種基因改良種子，沒有留存之前的傳統種子，變成「回不去了」。

當時我心裡輕佻地想：我們不也全都是基因改造過的新人種嗎？其實我腦海浮現的是戴銳思保險套、基本配裝一定有冷氣的車、智慧手機、咖啡、7-11裡賣的罐裝飲料、女人的面膜、保養品、A片裡那些真槍實彈、幻美讓我難以置信的美女胴體……，「保留種子」的抒情詩之夢，早已經破碎滅亡一百多年了吧？像印度那些相信孟山都種子公司，而將自己的田地灑上基因改良種子，發覺身陷維谷，被綑綁剝奪榨乾，想退回找尋從前的老種子而不可得，這種漂浮在太空的科幻式不幸，我們抬頭四顧，身邊的人們，可還有任何一個是所謂的「沒被在基因序列動過手腳的老種子？」

我把這個想法寫成一篇短文。（老實說就是個陳腔庸見）貼在臉書上，有一些那女歌手的粉絲留言罵了我一通，他們可能誤以為我在幫孟山都翻案。幾天後我收到一位自稱是孟山都亞洲區總律師的新加坡人，寄私訊給我，說他人在臺北，邀我碰面一敘。當時我正在寫一本關於「詐騙術」的小說，苦於無足夠經驗，困在開頭一章便無法推進。這從天而降的惡名昭彰孟山都跨國公司的律師要找我，簡直就像卡夫卡小說裡的人物跨過一個超現實門框，走到我面前讓我近距離觀察。我立刻回信答應赴約。

但在星巴克（那一區我很陌生，在南京東路和三民路交叉口）和這位律師碰面，並沒有發生我全身毛孔賁張期待的卡夫卡人物對話（那奧麗又空洞的原地打轉、遮掩暗示的各種權力黑機關和他們的裙帶八卦），極平淡乏味。這人解釋（或說是傲慢的跨國菁英降尊紆貴跟個圈外的老百姓說明）他的業務範域，老實說若非他是我一週前才知道這世上有的這個孟山都種子公司，他若告訴我他是法國達梭公司的軍火業務，專門遊說亞洲各國採購陣風戰機，我也會深信不疑。

這個乏味的男人，在和我聊了一個多小時後，向我道歉他還要去開個會，這個時候他對我說：「對了，我太太是你的國中同學。她要我跟你問好。」

就是那次之後，我和這個女人，噢不，這個夜晚的豪華旅館房間裡，那像深海潛水，一個宇宙氣泡般神祕、漂浮、銀光薄膜的吻，好像就被伏線千里，從一隱匿之處，被召喚出來。我們每晚在臉書後臺通信，一開始拘謹有禮，但就像我一個朋友，說起我們所在的這個世界，其實是一個原型、神所是的那個本質，翻印、複製出來的許多個贗品其中的一個。這個像遊樂場旋轉木馬包裹著機關，那中央之柱鑲嵌著照映全景的玻璃的穹宇無限，必然有一種關於「誘惑者」的本質。它必須是一種狂熱、騷亂、藏在背著眾人之處的情書，那讓女主角的胸口窒息、臉頰潮紅，像剝開一盒禮物層層繁褥包裝紙與緞帶，那所有現在的這個她，二十一世紀全球化貴婦景端的塔頂，那些昂貴的華服、美食、社交、旅行、夢遊般空洞的對話、魚群般無表情的洄游關係、勢利的評比權力和財富，或那些穿著義大利名牌西裝的男子，卻娘炮撇嘴說著八卦……老實說，被遮蔽封印在這一切綾羅綢緞、纖纖手指拿著銀叉將魚子醬、鵝肝醬送進齒舌、那病態白皙、靠著昂貴的那些混亂香氣（玫瑰、牡丹、櫻花、柑橘、晚香木）造成一種「另外的身體」，這一切深深誘惑著我。那是一種難以抵達的、層層關卡、像魚頭內腔錯繁密嵌的細緻結構。我要怎麼誘惑她，讓她像蛻殼的裸蟲，從她那布滿繁文褥節，昂貴如閃電照亮的每一瞬極致感官、像細緻耳語每一物件皆窸窣陳敘自身的創造故事……，我要如何把她騙出現代的，「四十大盜的藏寶洞窟」？

我給她的信裡，提到二十多年前，我在部隊受訓，有一次我們一個班，在一條戰壕坑道裡，我忘了那是打靶實彈射擊，我們是做為驗靶的任務兵；還是那就是一個壕溝戰的訓練？我們全副武裝，戴著鋼盔、拿著步槍、S腰帶掛著鋁水壺、刺刀、彈匣、摺疊板凳。所有的士兵都垮坐在那壕溝裡，班長還發菸遞給我們。那條壕溝在一片荒枯的草原上，遠遠的槍擊聲像摔破瓶罐那樣，隔許久響一陣。當時我拿著一本小筆記寫信給她。我問她記不記得那一陣子我瘋狂地寫信給她？其實她不是我女友，但那時所有宿舍上下床舖的，像囚犯一樣發出臭味的士兵們，全瘋狂地寫信給他們能想到有關聯的女孩。期待她們即使隨便一封回信，最好信封內附寄一張這女孩的照片，那似乎使這個寫信並收信的人，不是人間失格者，不是絕對孤獨者。

我問她記不記得她寄了什麼給我？

不記得了。

我告訴她，她在信封裡附了一個那種裝維他命的真空小包，裡頭放了一顆粉紅色的棉花軟糖，像小指第一截指頭那樣大小。她在信上寫著：「這是我的吻。你可以在最苦的時候，把它放進嘴裡融化，或是一直收藏它喔。」

她傳了一個圖案，一隻卡通小狗把手塞進嘴裡，一臉驚嚇的表情。她回了一句：那時你是把它吃了？或是一直收藏？

我想描述的那個「吻」，像是宇宙風爐最裡頭那朵冉冉搖晃的火苗。我年輕時和一群人渣鬼混，他們告訴我每一百盒檳榔裡會不小心吃到一顆「檳榔王」，那一吃到立刻就流鼻血，心跳加快，頭冒冷汗，甚至暈倒。這個傳說後來變成每一條黃長壽裡，會有一根「菸王」，像是製菸廠的工人在和他不認識的未來抽到這根菸的人打一種密碼。告訴我這祕密的哥們，發誓他曾抽到過那根菸中極品，那真是「曾經滄海難為水啊」，抽過那根好像你靈魂都一起白煙嬝嬝的菸王、菸神，再抽旁邊那些它的菸兄弟，簡直就像抽大便。是以之故，我想，我們都是一隻隻從印模裡打鑄出來的機器人（像孟山都的基因改造種子？），這些在宇宙時空漂流的辰光，我們只是一些銅汞銀金的金屬盔甲、身軀。除非像煉金術之火，其中一只機器人像抽到菸王的小混混那麼幸運，被這樣的吻，宇宙風爐裡那朵忽熄忽亮的靈魂火苗，送進嘴裡。啊那就是一只不再孤獨、悲傷的，往宇宙擴張邊際漂浮的機器人啊。

我想你一定認為，我想像灌蟋蟀的老手，往那空無一物的孔洞裡灌水，讓它裡頭鑽出靈跳閃爍的意象蟋蟀。吻？那不就是大腦興奮區，對於近距離的視覺、嗅覺、觸覺的綜合資訊，大量分泌腦內啡造成的興奮與愉悅？一張美麗女人的臉，漂亮的鼻子和朱唇，她允許你將舌頭放進那銷魂的、窄小溼潤的嘴洞裡，她的小舌頭怯憐憐輕跳著撩你的舌沿，互相吸吮著。別忘了，吻只像開一瓶好酒，啵地拔開那木塞，真正的層次、醇醚、芬芳、百感交集，是後面的感官拓印、電流傳導：小香肩、粉頸、暈紅的耳後、乳房、乳蒂、腰弧、臀、大腿、小腿、美麗的腳，當然最重要是我們那該死的屌被強吸力、迷惑瘋魔非插進去不可的那密穴。這是一個非常龐大的天文學。美麗的女人灑散如銀河星辰。每一顆星體的大氣都充滿雷電、暴風和積雲，怎麼會有一個女人，她的吻，是這宇宙所有吻——那個什麼煉金術之火？所有氣流、時間、懷念、龐大感官的衰竭。人類對抗厭煩的荒謬發明、單一個體對死亡的領悟而無法收集成一個全體的知識……，這一切之外，那個發明之前的發明？神不可完整傳輸，只能複製、模仿、殘缺不全如吹玻璃鐵管從高溫爐攪出一坨熔化矽石，將之吹漲成贗品形貌，這些殘缺不全、歪鼻塌嘴的玻璃器皿，那最初的完美原型？

其實，我到了這個年紀，收藏的女人之吻，還會少嗎？少女的吻，喝醉酒的OL女郎的吻，像在夢中抽屜的不同妓女的吻，甚至長輩女性的吻，原本是好朋友某次在KTV唱嗨了竟混亂地、哀傷地接吻。

我想要說的是，其實，很多年前的那個壕溝裡、那片原野的上方突然雷電交閃，大約在三分鐘內天光突然黯晦，然後下起暴雨。我們這些菜鳥士兵全被分不清是天上倒下的雨，或是從壕溝上方流水的積水，淋成落湯雞。我聽到大家一個隔著一個哀嚎著，但班長沒有要收隊的意思。我們也不知道在地面上遠遠那一頭，趴伏在土丘上持槍射擊的打靶隊，是被帶隊回營，還是趴在泥流裡繼續射擊。我分不清楚那在頭頂炸裂的啪啪聲響，除了雷擊還有其他的響聲。當時我將褲子口袋裡那只小密封袋掏出，在一片上下四方的水流中，將裡頭的那顆小棉花糖，溼溼黏黏放進嘴裡。那一瞬我感到這個女孩用嘴貼住我的嘴，像人們說的那被封印在鴨肉凍裡，那野鴨死亡之前拍打翅翼的鮮活香馥，在舌蕾融化時，細細沸跳地湧現，我的臉上除了鋼盔沿垂流的雨水，還有幸福的眼淚，那個吻像廣島原子彈蕈爆被收進了上帝的一個噓聲噘起的嘴喙。它整個重現了我為何一身滑稽軍事裝備、溼淋淋站在這水溝裡，那最初的活著的美麗盼想。

很多時候，我們接吻的時候並不專心，也許我在擔心著接下來的性交，會不會無法勃起；或是手機關機了沒；或是壓制下正在和你唇貼著唇的馬子，她是否瞞著你藏著一個情人的懷疑；或是時光的耗磨，你其實對這個你把舌頭伸進她嘴裡的女人，厭煩透頂；或你的手忙著解她的襯衫釦子，奶罩後面的釘釦……總是這些不專心的，像細細點點的黴菌、塵灰布在舌蕾和嘴唇周沿。也許我們後來把舌頭當作某種性器官？和大腦最近的一根突觸、探測器、收集感官解析與貯存色情經驗的一根肉湯匙？我坐在那個城市上空旅館房間外，走廊電梯前，邊抽菸邊想著這些。不知為何，我總預感著，那四個銀色電梯門其中的一扇等會就會打開，那個孟山都種子公司的跨國律師，會走出來。在某種實驗室景觀，排列、顏色由深至淺，全部的基因序列已被改造過的，和它們的祖先遺傳密碼全斷裂關係的種子們，這個意象似乎延伸至這個男人的全身，包括他的瞳孔、腦額葉、睪丸裡的一褶一褶精囊、最重要是他的舌頭。其實他可能從未接觸過那些讓印度、南美、非洲、中國的小農，播種過一次便像蒼蠅被黏膠附著，無法脫身的科技種子，他只是和那些國際貿易法的條文、抽象的字句打交道。在某種現今這個世界資本主義架構下的性資源掠奪法則，這個男人收藏女體、色情、感官品味的能力，應該是我的一萬倍。也就是說，我的女神，他的妻子，可能只是他的種子收藏抽屜裡，無數奇花異蕊、金髮碧眼、豐乳美臀、妖麗性器……，其中的一枚。但為何我還是跑進這個房間裡了？也就是說，在一種垂直感染的隔離、切除概念裡，我破譯了他其中一顆種子的基因之鎖。也許我找到了那顆「保留種子」，「沒被實驗室動過手腳的老種子」？我得到，偷了他老婆那溼潤、芬芳、整個靈魂腔體向上提升，化成一縷幽香吐出的吻。也許我和這丈夫會在這樓層走廊迂迴分叉串著一間間各有房號的房間，最後收束於此(電梯門前)，像一只子宮般的口袋區域，展開辯證。如果有一個超出這世間所有男歡女愛、即興或永恆之上的，創造原型的吻，它必然在我們這個殘缺且受限的次元，是通過各種偷情之途徑，才能一窺其閃電光焰。「偷來的永遠最鮮」。這部分我是行家。我可以展列譬如昆德拉的《玩笑》、葛林的《愛情的盡頭》、井上靖的《冰壁》、夏目漱石的《其後》、品特的《背叛》、傅敖斯的《魔法師》……未有不通過偷情，偷人家老婆，而能達到那極限之光、神魂顛倒之境、神最初所創造的那第一顆種子，那第一個靈感產生的，亞當與夏娃之吻。

這便是我，以及我們公司最大的瓶頸。我想像著她的丈夫扯著頭髮，面容愁苦地說：好，我們透過各種瀆神、越過邊界，大數據計算的手段，終於，像以黯影和黯影摩擦撞出光流，得到了那個「創作原型」，它出現了，像鬼魂一般投影在虛空屏幕。但是，如何將它保存在時光之中呢？如同我們批賣給那些印度小農的種子，它們埋進土壤時，絕對像一顆顆晶瑩的寶石，人類農業史未曾有過的防蟲、耐旱、豐滿的收成。枯萎和敗壞是在它們噴吐完生命的勃發，那第二次的播種。反孟山都的團體，沒有辦法辯駁我們的種子在一次性耕作的效益，他們指我們邪惡的，是那「截斷的時間」，「一次性的田野美景」，小農必須再回來跟我們買那和第一次一模一樣的基因種子。

他看著我，我知道他沒說出的是：好吧，通過偷情，你偷盜我老婆像地窖中封印葡萄酒最芳醇的開瓶之吻，如果這是一個實驗的奇蹟，但之後呢？拿到你手中的那顆種子，不，那個女人，她還能源源不絕地吐出那鮮豔欲滴、清晨玫瑰般的吻嗎？如果那是和孟山都基因種子一樣的命運，一次性的綻放，之後必然陷入枯萎與乾癟。也許你負擔不起那樣一個能量全炸光之後的女神的「結束的生活」。想像這是一種交易，你還要再來向我購買，或你以為的偷，你要再得到第二次、第三次的，「完美的原創之吻」，是否還得找上我呢？也許我們公司有很多像我這樣的人，這些老婆們像實驗室裡的種子，都浸泡封存著（裝在玻璃培養皿裡的美麗女神）等著你這樣的客戶，來開啟的那絕封之吻？豪華大飯店、某個房間裡憂悒、不貞、說謊、共謀的氣氛、正從國外某個機場轉機趕回來的丈夫、遠超出你的能力的財富和權勢，你會像隻小蟲被捏死的司法、賠償，像我們這樣在電梯間的，「男人和男人的談判」，你願意付一筆很大的費用（可能是你這樣的貨色，年收入的三倍），讓這個銷魂、金風玉露的美夢，像一艘小船解纜脫離那個你一生都負擔不起的噩夢。那是個純粹的、幾十年後你回想還是顫慄流淚的，世間所有吻之上的，收藏在你腦中密室的吻。走進這個電梯，降到最底層，不失尊嚴地走過飯店大廳，推門出去？

U 單義性

黃宗凱

單義性

~~L'abécédaire de la littérature~~
~~U comme Univocité~~

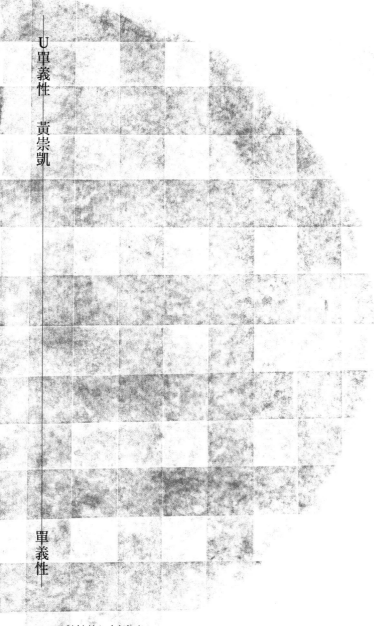

金池通常在半夜兩三點起來做事，氣溫比較涼爽，也沒別人在一邊看著嘴裡說這瘸手的真摯擱會曉做回收，他可以專心在幾小時內做完收工，回家睏一下，早上七點帶老母去搭吳老師的便車到鄰村注射。

不過最近常常在撿物仔的時候，很怕遇到那些藥仔組出來剪電線、偷水溝蓋。有些還是村裡的少年人，未滿三十呢，整天懶屍毋振動，癮舉了就出來偷。金池國小畢業就出外吃頭路，以前待工廠時，跟人吸過最粗俗的強力膠。他覺得那有什麼，擠出一段濃黃黏稠的膠，在塑膠袋裡搓來搓去，一股刺激的化學味包住口鼻，暈茫，阿雄尚甲意那味，他是沒法度，吸過一兩次只想吐。出來做工，要寄錢回家，哪有什麼閒錢，有些吃菸的，菸錢都不夠，他想不通怎麼有人捨得拿去買藥。他有次在便所，推門遇到阿雄坐在馬桶上注射，說什麼孫悟空七十二變，整個人真涼真輕鬆，臉上掛著微醺的笑容，有點空空。阿雄拿起針筒說，注一射，什麼煩惱攏清氣溜溜。他告訴金池，哪天要試做你說，金池一想到注射就驚惶。

金池滿羨慕那些有兄弟姊妹的同事，每個人放假日都有人來找，不像他是孤子，父母遠在庄腳，他雖然就在臺中，休憩的大多時候還是待在工廠裡，睡覺，無所事事。偶爾會跟阿雄和他的親戚朋友們外出，到豐原的公園走走或烤肉。幾次遇到別家工廠的女工，金池就恬恬不知怎麼說話。他想會不會自己年紀太小，十六歲跟十八九歲感覺就是囝仔跟大人。大人是那些花襯衫不扣胸前鈕釦踩尖頭皮鞋穿空巴拉褲，騎摩托車載人，嘴裡還叼菸。阿雄每次帶他出門都收他二十元，說是要準備轉大人，該和查某人熟悉一下，免得日後不知怎麼娶某生子。金池想想有道理，他沒錢沒車沒兄弟姊妹，出外就靠朋友，阿雄人不壞，至少不亂騙人，他注射注自己，歡喜甘願。

一假日，阿雄氣沖沖回到寮仔，說車子被幹，不願約會了，掏出針筒要輕鬆一下，躺在床上笑嘻嘻說，金池啊，不識開過吧？啥款，我帶你去後菜園仔轉大人。金池不知怎麼回，阿雄收好針筒，拉起他，換衫啦，行！金池穿上唯一一件短袖白襯衫，口袋放著一百五十元，跟著阿雄去了矮屋。他畏縮站在客廳，看到很多雙腿和很多種鞋子。阿雄在耍兩、三個查某，轉頭跟他說，來，跟這個咪咪入去，伊工夫不壞；咪咪，阮這個少年仔是第一擺，稍教一下嘿。阿雄抽走他身上的五十塊，跟另個查某進了房。金池跟在咪咪身後，短短的走廊左右兩邊各有兩三間房，有些發出貓叫聲和撞擊聲，走廊底部有人在打熱水擰毛巾。

那晚臨睡，金池還在回味下午在小房間裡，黑暗又甜蜜的感覺。原來這就是查某人的滋味。他張開雙手，想像不久前的觸覺，日後存錢娶某就可以天天享受了。金池持續過著封閉的工廠生活，克制自己一個月去找咪咪一次。他本來以為會在這家工廠待到入伍，哪知某天遇上機械故障，沒關機就伸手到車床查看，突然啟動運轉的轟隆聲嚇到他，轉軸絞住手掌，整隻手臂好像都被碾壓過去似的痛，讓他幾乎昏厥。鄰機的操作員大叫著跑過來，關掉機器，金池隨著工廠的喧嘩，耳鳴，不知人了。

再醒來的時候，他看到阿雄，視線裡到處都是白色，充滿藥味和尿味。

阿雄跟他說，工廠說會負責住院開銷，好好休睏。後來他被送回鄉下，拿到一盒蘋果和五百元慰問金。整個過程，金池只記得阿雄最後跟他開玩笑說，以後尻手銃沒正手用喔，緊娶某來用。離開故鄉一年多，返回時卻覺得自己老了十歲，村子還是一樣，好像他出生前就這樣，幾十年後依然會這樣。厝邊很快都知曉他回來，有人送了粿來，他娘殺了雞。不久，金池發現村裡沒有幾個跟他差不多年紀的少年人，不是讀國中、國小的囝仔，就是他爹娘年紀的中年人，能出外的都出外了。

他娘說，有些人開始在放魚塭，飼魚蝦，村裡種田的少了。金池家沒田產，爹娘都是給別人家僱，到村外或鄰村幫忙做穡。現在他回來，也只能跟著父母一起下田。在白燦燦的烈日下，冷刺的海風間，他有時想起一年多的工廠生活，出去烤肉或開查某，彷彿那是聽來的，其實他從沒離開過。但只要他舉手擦汗，或下意識要以慣用的右手拿東西，消失的手掌就會提醒他，這一切都是真的。金池聽人家安慰，瘸手哪有什麼，鄰村的鄭老師從小瘸腳還不是讀到大學畢業回來當老師，某照娶，子照生。他們一家三口，要吃飽不難，就是存不了錢娶某。這時他又羨慕起隔壁青番伯家生了七個，熱鬧，每逢出外的後生回來帶什麼禮物，那些還在讀冊的弟弟妹妹看起來都好歡喜。有一、兩個子女跟他一樣到臺中做工，回家總是穿得趴哩趴哩，他就想到不知阿雄現在怎樣，還在注射，還常去後菜園仔嗎。

算命的說他命中缺水，取名的時候選了池。現此時，金池只覺得這個字看起來很像現在的自己，他一隻手被機器壓壞了，變成三點水的「氵」。他娘跟常常一起工作的鄰村阿好嬸談好要娶玉雲，免聘金，有空常帶她回去後頭厝看看就好。金池沒想到三十幾娶的是戇的，說是細漢發燒燒壞了。沒多久，附近的死囝仔就唱起「瘸手配戇頭，水雞撞龜頭」，金池每次聽到都很想揍那幾個死囝仔脯。一直到娶玉雲，他才知道查某人每個月有月事來，總要他娘處理，他不喜歡聞到血的氣味，會想起工廠的最後一天。從金池最初有了結婚的念頭，經過十幾年，終於實現了。他們兩家潦草舉行婚事，在家裡辦兩桌菜，形式上該有的迎娶、跪拜走完，兩家人都鬆了口氣，女方家人早早吃完離開，阿好嬸臨別還在教誨玉雲要乖點，要聽擔家的話，好像玉雲一結婚就會克服智能的問題。金池聽說，查某人第一次洞房會有血，不過玉雲沒有。初夜，他壓著玉雲，粗魯硬上，玉雲咿咿啊啊推擠掙扎，隨他扭動腰臀。金池興奮嘗試各種從小本、錄影帶看來的姿勢，但玉雲大多配合不來，仍使最好掌控的男上女下。幾次過後，金池偶爾想，玉雲應該不是原裝的，不知被誰用過了。

玉雲戇歸戇，簡單的打掃還做得來，每天他們出門做事，就留玉雲獨自在家。鄉下地方，彼此都認識，哪家媳婦或老人到哪做什麼，打聽一下就知道。突然有誰到村裡，厝邊頭尾隨時有消息。一日，金池提早回來，雇主通知說家裡有客人來找。他騎著單車轉進村子口，還沒到家門，許久不見的阿雄手裡夾著菸跟他揮手。金池意外而歡喜，停好車，喊玉雲端茶出來給客人喝。

他們交換十多年來的人生，金池從回家後就一直跟父母做事，誰叫工就去看有沒有得幫忙，七、八年前父親肝病過世，接著是這兩年娶某。阿雄則說，從他出事離開工廠，沒待幾年就換到另一家，好不容易做到領班，好死不死被經理巡宿舍時抓到他注射，被辭了工作。後來幫熟識的做藥，又被抓去勒戒，出出入入，工作更難找了。不過阿雄強調他已經改過自新，想要重頭開始，做點小生意，考慮要賣鹹酥雞還是紅豆餅，就是需要一筆資金，希望金池的身分資料借他一下，用完馬上還。阿雄寫了臺中的住址和電話，留了自己的機車駕照做保證。

說完目的，阿雄故作輕鬆問金池，恁某會哼還是不會，金池笑說，整天攏在咿咿哦哦哪不會。阿雄又問，恁這個智能不足的，甘知恁壓伊身上在做啥？金池說，可能知吧。恁娶某沒？還去後菜園仔否？阿雄搖搖手，吐了口菸，有跟幾個鬥做伙過，沒結果，其中一個還是待過後菜園仔的。阿雄感嘆，聽人說「會使娶婊作某，勿使娶某作婊」，其實喔，婊就是婊，同款。有打算生子否？金池看向玉雲，水桶腰身，穿著舊鬆緊帶運動褲，褲頭拉得高高，毫無查某人的味，嘆說若生也沒才調飼，隨緣。阿雄安慰，沒要緊啦，隨便飼隨便大，咱早前生活條件更壞，還不是大漢。重要伊不是生出來就戇的，不定確生出來的囝是正常的。金池聽歸聽，沒多想，目送阿雄跨上摩托車消失在村口。

金池的母親在一次幫忙鄰居撈海菜的時候跌倒，小腿骨折，說是骨質疏鬆太脆弱。打掉石膏後，走起路來略略跛腳，變得時常呻吟，唉聲哪裡痛哪裡不爽快，漸漸養出到鄰村注射的習慣。在病院照顧母親的期間，金池看到有人在做歹銅舊鐵的生意，常會到病院的垃圾場撿，沒什麼人管。他想家離海邊近，天天都有很多垃圾，村子內外周圍也不少，改做這途可能還過得去。他開始不跟母親上工，摸索著撿東西，看到路邊丟出來的雜物、垃圾，他就拉回家分類堆放，也要玉雲幫忙整理。金池第一次從古物商手上拿到一疊鈔票時，是以一卡車的回收物做交換。他更認真收廢棄物，弄了可放置更多物品的三輪板車，在附近幾村到處撿。村人知道金池在做回收，也主動把各種破爛、瓶罐放到他家。

四月某日午後，金池踩板車出去收物仔，母親到田裡去，只有玉雲在家。

這天跟平時的日子差不多，只是國中生們考完段考下午放假。兩個住在村子尾的國三生，假借拿寶特瓶、酒瓶來的機會，進了金池家。他們模仿著從錄影帶看來的情節，其中一個試圖讓玉雲口交不成，摑了她幾巴掌，拉掉她的運動褲，緊張又亢奮的完事。整個過程十幾分鐘就結束。他們的擔憂事後湧現，趕緊幫玉雲穿好褲子，假意在金池家門口整理瓶罐雜物一會才回家。一直到一個多月後，又一次模擬考結束，兩個國三生再對玉雲耍了一樣的把戲。同樣一個把風，換另一個上。如此反覆到七月聯考結束，兩個國中畢業生都到外縣市升學，玉雲有了身孕。

剛開始看到玉雲孕吐時，金池以為她只是身體不舒服。見她肚子逐漸膨脹，才知道是怎麼回事。送到醫院檢查，才又發現，玉雲被劃定先天性重度智障，且患有癲癇症，醫生請金池慎重考慮要不要把孩子生下來。他們回到家的時候，金池不斷想著玉雲這幾年大概一年一次發作的羊暈症狀，滿褲屎尿，煩惱著小孩生下來也是智障、也會羊暈又該怎麼辦。隔壁青番伯的後生一家人回來過中秋，幾個囝仔在門口埕放鞭炮，劈哩啪啦，金池的娘出去罵，安靜一陣，繼續再放，他娘就再罵。整個晚上來回三、四次，外頭才漸漸靜了下來。天光時，他決定再等等看，要是玉雲生得下來，就飼，生不下來就是命。金池改變做回收的時間，白天盡量待在家整理物件陪玉雲，半夜才出去撿物仔。他覺得這樣不壞，早上也能帶母親去搭吳老師的便車到鄰村注射，走回來的路上就可以一路撿。

兩個多月後，玉雲羊暈發作，金池怕她咬斷舌頭，塞破布到她嘴裡，玉雲全身抽搐得厲害，好像有誰用高壓電在電她，屎尿的臭味出現，接著是一灘濃血浮現在運動褲胯間。玉雲流產後，整個身軀敗掉，嘴裡發出咿哦聲的頻率更高，整日都要包尿布。後來村長帶著鄉公所的人來訪，說是要移送玉雲到比較有人照顧的安養院，他家又回到母子相依為命的清冷。金池照樣做回收，他娘則不太外出做事了，三天兩頭唉說這裡疼那裡痛，頭暈目眩，要去注射。

金池家是村口右邊路第一個彎進去中段的矮磚房，進門是神明廳公媽位兼客廳，左右兩間房分屬母子二人，灶腳和衛浴則在屋子左邊增建，亭仔腳後來堆滿收來的舊貨，淘汰掉的映像管電視機、錄放影機、收音機、電玩遊戲機，一網袋一網袋的寶特瓶、鋁箔包、鋁罐，疊起來的酒瓶架，捆起來的舊報紙雜誌漫畫書。金池時常坐在板凳理貨，整理到最專心的時候，沒意識到自己有過右手掌，左手拉著尼龍繩捆綁，繞十字，拉緊，打結，剪掉繩頭，繼續綁下一落。他還有一大堆貨堆放在外面路口廢棄製冰庫旁的空地，板車也停在那裡，村人白天常看到他戴著斗笠搬紙箱，在雜物堆裡移來移去，幾年下來，累積了可觀的回收物資。麻煩出在最近，金池發現放在空地的紙箱或裝滿鋁罐的網袋，時不時被偷走。好幾次他半夜踩著板車出門，東西都好好堆著，幾點鐘後回來，就有一些不見。他某夜踩著板車出去後，停在村口外頭，再走回來，躲在冰庫邊，看看到底是誰在偷。很難知道賊下手的時間，他只能碰運氣，看什麼時候會遇到。守了幾次沒發現。不過因為守著無法做其他事，也不能聽收音機，有時就會想到一些事。比如阿雄。金池很後來才知道自己的身分資料被拿去地下錢莊當人頭抵押，住址留的也是他家，對方找上門的時候，要不是剛好村長路過，他可能會被打得更慘。比如玉雲。他總在想她到底是被誰用過，她哥？她弟？還是她那村的什麼人？她是戇沒錯，身軀沒查某人味，該有的孔亦是有的。若是不看她的面，用起來同款會爽。有時用強的硬插，她也不太叫。說起來她老母嚎洨，什麼細漢發燒燒壞掉，根本出世就是戇的，重症的。說這些無效。

某個半暝，金池等到一個年輕的身影騎機車來偷回收物仔，他從旁跳出來喊聲，對方戴著棒球帽，直接將手上的一大網袋寶特瓶丟過去他身上，接著再扔出幾支酒瓶，跳上機車，排氣聲像柄長長的刀，劃開靜謐的暗夜，後頭補上金池追喊著別走。

那陣子在廟口、村長家都聽人感嘆那些藥仔組，動不動就跑去魚塭、寮仔剪電線、偷電纜去賣，都不怕被電死。偷那些無遮物，害人的水車不轉，一些魚蝦攏死死去。實在有夠夭壽。還有人要金池別收那些人拿來的物仔。金池想，他們別來偷我就很保佑了。

這天深夜，金池照例起身出門，去了比較遠的牛尿港周圍收物仔，載著一板車物件回村。正當貓霧仔光，迎接他的卻是一塊赤裸的空地，就像從來不曾在此堆過任何東西，他還沒開始做資源回收，就像他有記憶以來一直閒置的空白，就像這空白會這麼持續下去。

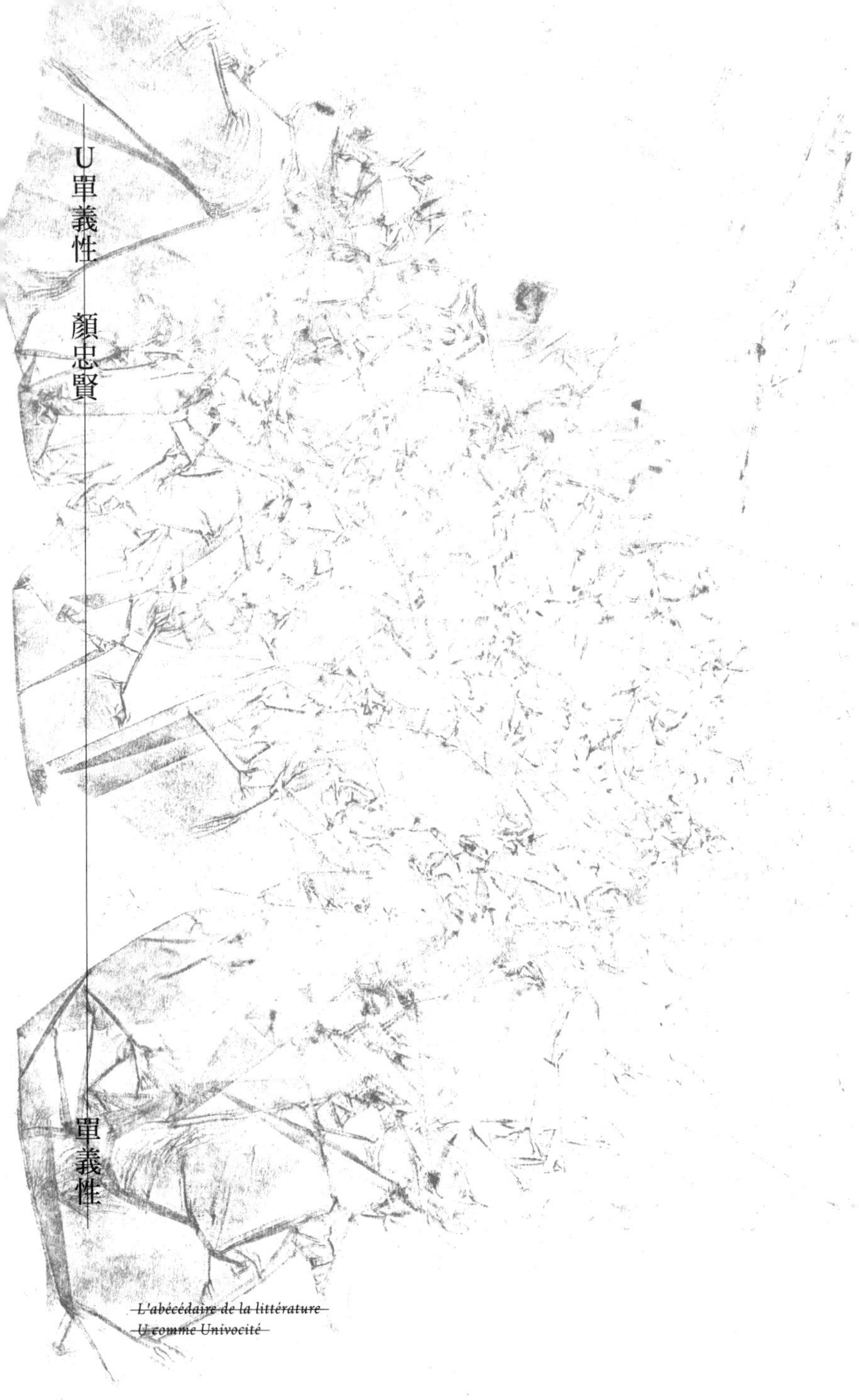

U 單義性

顏忠賢

單義性

L'abécédaire de la littérature
U comme Univocité

斷水，那幾乎是某種卡夫卡式的噩夢般的……房間隱隱發臭，附身般的氣味那麼地糾纏而揮之不去，使他始終在窸窣之間老閃過一種感覺。或許……他已經死了好幾天了。

發生在他自己的存在感愈來愈萎縮狀況的那幾個春天忽熱忽冷的怪天氣下的日子，那惡臭是潮溼天候的怪霉點潮解、或吃剩沒收好的半腐爛西瓜破皮，或碗筷餐盤太久沒洗的餿味，還是甚至就是他那馬桶的糞尿始終沒有沖走的惡臭……老飄進臥房，到後來混雜太多太久簡直就像屍臭。像被一種不明沾染到始終纏身下詛咒而死了好久都不知道自己已然死了的亡魂……的他終於覺得不行了。

雖然拖了那麼久，而且一開始完全不想面對，因為不久前才和他分手的情人搬走之後，他始終不太想回家，或許也沒有時間面對那房子的太多餘緒的不堪，直到屍臭般的惡臭逼身的後來使他終於覺得不處理不行……

一如他的情人逼問的……這幾年以來，她覺得出事之後他的生活就完全毀了，一如他的人生，自從公司跳票他被牽連降級之後他就像是得了憂鬱症或甚至是幽閉恐懼症地不太能做什麼，還必須假裝沒事，撐著……不然他知道自己再下去就會變成可憐兮兮流浪漢那般地更自暴自棄。

斷水太突然……完全不知道怎麼回事，有一天，水龍頭打開，突然就沒有水流出來了。自來水不來了，他納悶著……本來以為只是修水塔停水，但是拖了幾天還是沒來，就這樣，竟然已經好久好久沒水了，心虛的他也想了好久，就先打電話去自來水公司，轉了好幾個地方……查他的地址，有繳費，沒問題，應該不是管道而是建築自己的狀況。

後來打給他住的那老國宅他從來沒去過的破管理委員會問到一個心情和口氣一樣不好的阿姨。她生氣地說不可能不可能……只叫他去他住的那樓上水塔旁自己對自來水收據上的水表編號上去找水表，看看是不是有什麼事。那是一個天氣好不容易變好的日子，他心情卻太不好，因為太多天都是去上班受氣地忙忙碌碌到半夜回來一倒入床上就睡到近乎是昏迷不醒。但是太多天都被惡臭熏醒的他覺得再不處理不行了，而且他之後又要出差出遠門，又要過好幾天。其實，那一天打電話的他還剛剛睡醒，還沒刷牙洗臉，穿件內褲找拖鞋找很久，上樓去屋頂，人根本還沒醒地昏昏沉沉。但是，找了好久已經很絕望快放棄的他後來竟然接到委員會阿姨電話說國宅那老水電工剛好來，她就順道叫他到屋頂幫忙找。在烈日炙身中快中暑的他那時候正在仔細看屋頂末端的彷彿繁複迷宮機關到近乎不可能找到看懂的水表跟水管……心中想像著太多惡意的可能：到底是誰把水表關掉？可能是樓下老施工的脫班工人或是上去屋頂的惡童或甚至是附近愈來愈多賊頭賊腦的外勞和印尼女傭的惡作劇……

那個胖胖的汗流浹背的老水電工出現了。他始終在埋怨地說這爛國宅蓋得很爛，所有的屋身都偷工減料，梁柱都歪，電路和水管一向亂做，連你在找的水表都沒標明。但是奇怪的是密密麻麻羅列的水表們每個怪形狀但是長相卻都一樣，彷彿眾屋住戶紛雜但都訴說存有單一與相同的水的糾紛。因此這爛國宅裡就算是混居著有各種匪夷所思的不同怪人們，但在水表的糾紛中卻都訴說單一與相同但是他看不懂的死寂怪狀態。甚至更怪異地……老舊的眾水表都竟然在舊金屬的邊緣都是用粉筆寫著阿拉伯數字，但是不知道是什麼意思。12，13，15跳到1，2，3有到41，42，43，有他家地址的45號。但是他家是6樓。全棟有十樓，只有41，43，45，47四個號碼，所以不是45號。只好重新找起1 2 3 4 5 8 9的粉筆字，也不是指樓層，但是也不是地址房號，那到底是什麼意思他想了很久還跟那又老又胖的水電工討論了很久，仍然不知道是什麼意思，不知道什麼人寫的，也不知道是為什麼原因寫……

他在沒有水的時候想到了當年當兵只用鋼杯的一杯水可以刷牙洗臉洗澡的事情，這樣的刻苦克難感讓他好不容易多撐了幾天，但是也使他老在加班的太忙的時候還一直想斷水要如何開始找尋那個出問題的原因。那幾天其實太悲慘，有冰箱裡剩下的礦泉水一開始先解決最迫切的刷牙洗臉的問題，之後他去買了好幾瓶礦泉水應急。他因此想起當兵用鋼杯洗的時候，常常和一整群又臭又髒兮兮的男人在等著刷牙或洗澡，那種地方也常常因為種種原因斷水，也常常因為等水太久而充滿無奈及其隨行暴力感的焦慮。

一如他過去人生的貧乏，困在某一種無法逃離的死角。這惡臭是一個揮之不去的最後也最逼人的注腳。始終對於真實世界的現實感缺乏的他不免退縮與恐懼……這斷水或許是一個他面對外在世界的縮影。或許，其實是他出事了，也沒有回來……至今還是一樣過著充滿參差錯誤的完全沒有生活的人生。

在外籍勞工老斜倚邊吸毒邊用泰文畫滿髒兮兮塗鴉的屋簷末端圍牆旁……他想到有一年看倒數年終上來過的那一次帶她到充斥著怪形狀電表管路羅列的屋頂角落來喝酒看遠方一〇一跨年夜的星空煙火，因為太骯髒太寒冷還是因為太怕遇到鄰人熟人長輩惹麻煩，他竟然在好不容易喝醉的她允諾在星空下浪漫做愛的最後……陽萎了。

那晚他作的那一個怪夢中也始終雷同地充滿參差錯誤……那是不知為何而做了的一個水的瞄準儀器，但是他看不懂，很狹窄地拉長但是精密極了的機器，拉長十幾公尺串連了小型的滑軌鑄鐵細支架腳架，水柱極小地流竄激發，很多個技師趴在旁邊調整校正儀器的高度到離地二三十公分，他在旁邊端詳了很久，還是不知道那是什麼鬼東西。

甚至，那夢裡的他陷入瘋狂狀態般地現身是巴黎的某個城市尾端交叉了好幾條放射形道路收尾的圓環形大馬路口，某個紀念廣場，但是正在拍攝中的某個巨大的場景，或許是慶典或是拍片現場，他不清楚，只是陷落在人群中移動，也因為快暴動起來的人非常多正前往到那路口，因為不明事件正在群集圍觀。

他本來是要去幫情人找一本書，那迷上羅浮宮內達文西名畫的她說，書名，叫「莎樂美」，但是，他卻沒看過，也從來不記得。其實，他很著急，因為正要繞過去趕路而時間快到了的情緒，他們不久之後就要去坐火車離開，老奇怪地一波三折到快走不回去了。仔細想，在去巴黎以前，他老是在一些沒什麼特色的城市流浪，在法國中西部的名字不記得……在他很漫長旅行中的其中一站一站落腳，但是卻完全想不起來，他最後是怎麼到這個城市，怎麼到這個路口而怎麼回旅館，怎麼找他原來放行李的地方，怎麼跟計程車司機說，那旅館在哪裡。他真的忘了，才前幾天的事，怎麼就忘了。

回到了老家的他終於找尋到一種他也還不太清楚的什麼，彷彿是一種小型的怪機器，機心的管線纏繞滴油，會發出滴答滴答咔嚓咔嚓的不明聲響……，但是，找了好久，還是找不到放那小型不明機器的地方，汗流浹背到快要放棄時，那長得竟然像跑道上的賽車內部汽缸引擎裝置突然出現滿懷心事來找他。那是出現在他正好不容易找到一張老藤椅背上的時候。其實非常地隱約，他並不確定那聲音是什麼，沒有任何前兆，老家破爛的廢墟般的舊房子裡始終都沒人。後來聽到那怪引擎聲，才猜猜到可能就知道那種車子的狀態那種傳說……但是，那或許只是一種老錶啊！

一如過去認識過的某幾個老朋友在炫耀他們那麼沉迷昂貴的收藏癖，只有憤怒的他說他不行……每個人都只在過自己的人生，對啊！對啊！那群人每個人都只是說說，但是，露出嫌棄不屑的表情的某一個過氣的美女卻說，你們大家都只是說說謊，連自己的人生也……唉！就像你收藏的老錶或是老引擎，只是為了要發出某種不明的怪聲響。也像他的情人的找上他……彷彿是在描述某種狀態，他內心深處感覺到那是一種極端高明甚至非常會法術的說書人的腹語。那種無辜卻荒唐，一如那隻造型很古怪的手錶雖然很廉價但整點還是會發出歌聲般地動人……

一如八字太輕的她跟他說的另一個噩夢：某個夜晚作的那一個極端恐怖但是又極端不解的激烈的夢……令我非常地害怕，因為非常地真實，逃不了又不知如何是好。甚至，最後醒的時候，左腳還始終是麻了，心臟跳得急到快死掉，像是完全度不了這個劫數那麼恐慌……以前作的噩夢再怎麼離奇都比較像在看一部劇情比較可怕的電影，疏離，眺望，或刺激性地投入移情，彷彿是入戲甚深的3D片子的更深入。但是，這個夢卻不一樣，雖然粗糙而晃動，但是，完全像真的，並不是和其他不同的夢的狀態太不同地混沌與雜多，但我八字輕會被不明鬼魂上身症狀顯著的時候作的夢所有的雜多卻好像都說著同一種狀態，彷彿是從絕對的混亂中湧現的單一聲音，而使不可聽見的什麼藉由每晚眾多不同的噩夢而被我聽見……

那個近乎是同一種狀態中最激烈的噩夢……我始終在場，呼吸困難重重，抽搐不已地顫抖，在那個恐怖現場陷入極深的我完全不能離開，像是黏稠的什麼深裹在我的全身僵硬的四肢，冰冷到心悸而不知如何是好，而且躲不掉了地像是手掌被釘入地面的插入，再怎麼不願意也一定要面對，無論如何，都脫身不了那般地沉落。有種打從胃底抽痛地太難過，掐住脖子無法喘息還一定走不了地被糾纏不清了。

我感覺到那個中年女人是一個有冤屈的陰魂。她找上了我，就在一個那種乍看不起眼的古城，在我某一回太長久旅行疲憊不堪時所路過的一條粗糙而冷漠的柏油路尾，我被某種看不見的力量拉向地面的汙穢末端，那是一個不起眼但是卻黝黑極了的小洞，而且，不知為何，在滲出寒氣的洞口歪歪斜斜地長出五根鏽蝕而扭傷的舊長鐵釘，形狀怪異地痛苦彎曲一如折斷邊緣的用力極了的手指，就長在洞口旁的裂縫像長出苔蘚或野草般蔓延出潮溼而陰霾的局部，然而竟然卻長出釘尖很銳利的舊長鐵釘。

有種極端森然的令人髮指的心驚肉跳。雖然我始終沒看到她，但是感覺得到，她強拉住我，靠在那長出鐵釘的路的洞口，在夜裡，但是出奇地令人心寒地發光。那是一個陰沉極了的受苦太久的中年女人聲音，我聽不見，但是，我又感覺得到，知道是她，因為在那個洞口，是她要拉住我，有一種怨念般的願力，要我幫她用某種我也不明白的允諾為其生前的苦痛消災，超度，用心用力挽救些她的無法挽回的什麼，甚至，如果可能，還想要我發心幫她搭一個壇，或蓋一個宮。

那時候的我太慌慌張張了，只是想要逃離，就打量那路旁更多逃離可以投奔的可能，但是，沿路的尋常民房都太不起眼地低低矮矮躲藏，只有在不遠前方路口旁邊有一個頗為神祕兮兮的怪廟，長相很陰，但是很亮，香火瀰漫而燈火通明，只是仔細端詳，裡頭大大小小的廟身裡頭所拜的都是我沒看過的神明，甚至，有很多古怪而詭譎的法器，在最大的猙獰神祇雕像前，竟然出現了更多的怪異動物神金身，而且在極端繁複的鮮花燭火旁還堆滿了很多汙穢到發餿的犧牲動物腐肉貢品，在許許多多蒼蠅繞飛的神壇案前，竟然有一個神桌上用極古老桃木雕刻成坑坑窪窪的圓盤狀神山，而且上頭沿著圓周邊緣站著一整圈的紙紮神像，有的像長腫瘤滿臉的怪物，有的像魑魅邪神，有的像長相不明的很多個獸頭的人身，種種。但是每尊神像看起來都充滿神通，但是也又都充滿陰霾。難以招惹。那時候太心虛的我並不期待祂們一定會拯救我，或一定從那洞口陷落的恐怖現場逃得掉，但是，我心想，至少廟身很亮，所以，充滿了莫名害怕的我還是趕快往那廟門的出簷的木柱穿堂跑去，但是，不知為何，怎麼跑都進不去，因為那騎樓走廊雖然不長卻好像被一個看不見的結界擋住了，怎麼用盡全力地衝，還是一直走不過。始終就困在那裡，進退兩難，不知如何是好。

她的噩夢裡那種無法拯救別人又無法拯救自己的惘然和糾纏不去地難過太深……老使他想起她和他之前幾年所曾經一起看過的那一部也像噩夢的韓國古怪色情電影。本來只像是《偶然與巧合》裡的更絕望的人對自己人生的永劫回歸的悔恨，然而那種很隱晦的神諭卻老是因種種線索交代不清那種種救贖的喚回而感覺出了什麼差錯而有種拍壞了的失望。但是這部不免失敗的電影仍然令她很感動。因為有太多雷同的心情上的深入和不忍。或許，乍看很不起眼，故事是描述某種極尋常的外遇，某種不倫的色情感，結婚多年有了自己人生瓶頸的一對中年夫妻。故事的情緒比情節要清晰，甚至很多細節轉換都太模糊而曖昧不明，夫妻的角色及其內心的困惑都交代不清楚。尤其是電影的時間始終切換在之前和之後的跳躍，或是空間也切換在兩個城市的不同場景的衝突，像是倒敘著太多已然記不清過去的悔恨不捨，瞳孔中的光愈來愈晦暗，而人卻愈來愈焦慮地想多做什麼想多挽回什麼地被困住。

一如女主角和一群都市女人們穿緊身衣滴汗露乳溝地做瑜珈的漢城高科技摩天樓窗明几淨的落地長牆鏡面教室，突然就跳接到瓦拉那西那又哭又鬧的恆河旁古火葬場的燒屍體煙霧瀰漫的灰暗天空。

一如丈夫和一個女同事激烈地從頭到尾地做愛，在每個不可能的地方，從公司，車上，旅館，街角，極端性的狂亂，但是憂鬱的極冷淡的妻子卻在某個意外，愛上了一個年輕的偷渡印度人，後來他生病，她去他家照顧他，後來被發現而遣返印度。那段夫妻彼此說謊的時光，拉得太長，更後來，他們也發現了彼此的不倫狀態。妻子最後還是忍不住哭泣而決心出走，終於到了瓦拉那西去找那印度男人，但是卻發生了太多別的干擾而就這樣地陷在那裡進退兩難。她整天都只是在那城裡無神地晃盪，看那古城裡人們的生命底層的現狀，淒淒慘慘，但是也許是另一種漫長的浸泡分心，對於她的失緒。就這樣，常常發生麻煩般地遭遇怪事，但是，她卻彷彿不太在乎。從跟一個小孩到巷底被搶，到遇到暴動現場，中間常常看到面色沉重的人們在路上趕路，或奇怪的法會祭典中穿著盛裝的巫師在做法，靈魂出竅般地念咒，燃香，彷彿始終困在一種非常神祕的狀態裡失神地遊蕩。那年輕的印度男人最後決定了不想跟她在一起，但是她決心想離婚的先生卻從漢城飛來找她。

最後，他們並沒有回去，也沒有在一起，甚至，也並沒有到恆河或印度廟或古火葬場的種種祭典或法師的挽回中找尋救贖的更終極可能，只是更曖昧不明地拖延而困頓。他們終於分手了，沒有爭吵，沒有更多的衝突或自殺的殉情，只是丈夫難過極了，在太長的一段彼此沉默不語的死寂中，充滿無法諒解而憂傷地離去。一如那最後一個長鏡頭的空鏡頭，只是架在那女主角住的某個又髒又小的破旅館三樓陽臺，拍著那丈夫走進人很多很紛亂的街頭中，所有人都有心事般地忙碌於自己的生活的沉重，黃昏的愈來愈暗的日光餘光昏晦，空氣仍然灰塵滿天揚起地汙濁，丈夫就這樣心情低沉地低頭走路，極端不解，一如所有人只是漫漫地身影融入了灰撲撲的人群，陰翳充滿地走入了自己也不解的那古城那一蔓延無底端的暗暗長路。

他也老想起陽萎的那一晚那一個太過沮喪的噩夢，一如斷水那幾乎是某種卡夫卡式房間隱隱發臭充斥著附身般的氣味那麼地糾纏，一如所有的雜多卻好像都說著同一種狀態的那從絕對的混亂而使不可聽見的什麼藉由每晚眾多不同的噩夢而被我聽見……

那噩夢中有一個皺紋滿臉的老女人帶著一隻太過敏感畏縮的約克夏小狗，全身都是名貴老珠寶地珠光寶氣，但是眼神仍然狐媚閃爍，有時漫步於巴洛克風格的老馬賽克長廊，有時抽細煙徐噴煙圈，有時對廊過客打量，有時僅僅是對空自言自語，穿亮片鑲嵌的寶藍絲絨禮服，半裸露高叉的長腿，就在那裡彷彿是她很常徘徊的花崗岩砌成的奢華大廳。更後來，不知為何，她走向自己一個人為了太悶熱天氣和太繁忙的事故而老在苦惱的他，竟然坐下來就開始說起她在這旅館多年的回憶，有點炫耀但是又有點抱怨，或許就只是假裝跟他很熟，但是他心中仍然忐忑不安。過來攀談的她還賣弄風情地要他請喝一杯酒。但是更令我不耐而煩躁。那是一個海邊渡假大飯店的一樓昂貴餐廳的仲夏夜晚。在客套應付她的談笑時心中壓力極大，尤其是用某種怪異的色情暗示，隱隱約約有種說不出來的不對勁。但是他老聞到她身上有種類似屍臭的異味。

更後來的時間好像無限拉長，充滿了依舊的禮貌客氣的他已然不堪糾纏，後來急著要脫離，想想就結帳，但是好像認得他的那個穿西裝的老經理很遲疑，客氣地跟他確認。他看帳單，那一杯酒三萬多美金，完全不可能。就也客氣地回說：讓他考慮一下。

也因此，在那空曠的大廳中，路人腳步聲在夜半迴音迴盪，想起這一生的她應該是一個在那老旅館仙人跳多年的老手，高明的色誘陌生客人的黑幫集團中惡人或是騙子的情婦，但是已然遲暮到被遺棄或落單多年卻又不願承認，只是活在自己的幻覺般……像是一縷亡魂在魂飛魄散之前的糾纏，對於那個老旅館或是那種老派的調情，賣弄風情又漏洞百出的劇場演出，一場又一場，一夜又一夜，上演著一千零一夜都一樣又都不太一樣的悔恨，說故事的某種嚮往昔日璀璨華麗的時光如何閃爍動人，但是所有的迷戀過她的阿拉伯國王，歐洲貴族公侯，日本將軍……都已然離去。只有她仍然癡癡地還在那裡等候他們回來探望她的千嬌百媚，風采個性那麼潑辣而咄咄逼人仍然被萬般寵幸。但是，現場卻是那麼淒淒慘慘，分不清是愛情或是同情的他始終陷入她的破綻百出的誘惑，又不能說破。最後只好坐在那長沙發不知如何是好地端詳她。無法置信地看到她半裸皺巴巴的大腿跟她的狗坐在華麗的大廳堂末端小牛皮沙發，開心地一起吃一盒彷彿已然隔日過期的握壽司便當。發餿的酸腐氣味陣陣傳來，令人作嘔地難耐。但是她卻完全沒發現而露出從容的微笑……甚至，還不時問他：

「要不要嘗嘗……」

U單義性

陳雪

單義性

~~*L'abécédaire de la littérature*~~
~~*U comme Univocité*~~

天朗氣清，空氣潔淨得眼睛所見景物都顯出透亮色澤，小尹與一行朋友在某個像森林又像花園的空間裡穿行，草的綠、花的繽紛、樹的蓬勃、蟲魚鳥獸的聲響於周身繚繞，仰頭望去，樹與樹之間透出大片天空格外亮藍，白雲像浮貼上去的棉花似地團成各種形狀，一隻飛鳥掠過，像一個長長的逗號。小尹忍不住伸手撫摸前方，好像連空氣也變得有形能夠觸碰，朋友們卻沒有她這樣大驚小怪。所謂的朋友，是同樣身為小說家的畢路、藝術家判關、哲學家尼旺，到底是為了什麼目的而來到這個林中花園，小尹並不清楚，大夥各有目的，也像是隨興所至地散漫前進。小尹覺得安全，只要跟這幾個朋友在一起，在哪都可以安心。

行經某個拐彎時在花叢間突然見了那個人。他是突然出現眼前的，像是凌空而降，當然，或許他本來就在那兒。

「那個人」三個字，對小尹猶如佛地魔，曾經是不可以提及的存在，但也曾是她隱密思想中最常浮現的關鍵詞，那個人曾經籠罩她的生命如一片永遠盤據上空的雲朵，六年前她終於停止與他糾纏多年、分分合合、難以割捨、無從剪斷的關係，如今小尹有了穩定美好的婚姻，過著平靜和美的生活，所以是多年不見的舊情人狹路相逢嗎？但周遭景物總有說不出的怪異違和，姑且稱那個人為「大叔」，當年戀愛時尚未流行這個詞，現在倒是有「大叔熱」了。

聽說只有瀕死的人才會突然產生記憶回溯的現象，但瞥見那個人的時候，小尹的記憶在瞬間就回溯了一次，前前後後八年的時光快速播放，大量的喜悅悲傷等待如水流沖過她的意識底層，激起層層波紋，她愛了他八年啊，一個女人有多少個八年可以荒廢呢？即使她不斷安慰自己，一段失敗的關係並不意味著荒廢，即使過程裡朋友們總是罵她把整個青春都浪費在那個人身上，距離上次見面也有六年了。「事情不是那樣的。」小尹順著記憶的回溯忍不住呢喃著，她張著嘴要說什麼，大叔已經在她眼前了，她唯恐被看見牙齒或舌頭似地趕緊闔上嘴，大叔卻突然拉住她的手，「跟我來。」大叔說，彷彿他們並非六年未見，而是每日例行都在這個花園相會似的。

奇花異草處處，花園中心有盛開著荷花的遼闊池塘，沿著池間的小徑望去，可以看見遠遠一座尖頂的溫室，大叔領路，帶著他們前行，「我帶了一群學生在溫室做實驗，培養牛蛙與樹蛙。」大叔說話還是那麼老氣橫秋的語調，同行的老友畢路與小尹最知心，從大叔出現，畢路就知道小尹碰見「那個人」了，刻意地走到小尹身旁，技巧地護著她，小尹對大叔倒也沒什麼禁忌了，雖然突然見面心上難免一震，記憶回溯的過程彷彿又經歷了一次快樂悲傷，但她知道曾經對她造成挖心銼骨般的痛苦與影響力的那個人早已逸出她的生活，如今的大叔成為一個突然偶遇、尋常的老教授，像是老友好久不見，熱絡又客套地彼此寒暄，大叔熱情地為他們介紹環境，那是間設備古舊幾乎荒廢的溫室，一群大學生拿著各種奇怪的道具、到處堆滿培養皿、燒杯、試管、顯微鏡、牆壁上掛著地圖，黑板塗滿了各種符號與數字的粉筆字，溫室四周的玻璃窗望出去是荷花池，這溫室幾乎是漂浮在湖面上的一間小屋，屋內空氣非常悶熱潮溼，並沒有看見什麼樹蛙牛蛙，除卻各個學生雙手操作著器材間發出細微碰撞聲、呈現某種「什麼東西正要產生」的刺激氣息，氣氛倒像是開讀書會之類的活動，學生都熱切地談話，對大叔與畢路小尹一行人相當尊重。

沒見到蛙類與任何實驗成果，畢路說這裡空氣太糟，還是出去吧，大叔領著她們繼續走，花園小徑蜿蜒歧出，卻走上了一道斜坡，坡頂不可思議地出現一片森林，林間密密地開始湧現山嵐、雲霧，空氣帶著透明的溼潤感，小尹感覺身體都變柔潤了，大叔來到她身邊，牽起她的手，沒往森林去，卻是走向了一旁小徑，路的盡頭，是一間寬大的木建築。

「我們去驛站。」大叔的措辭總是說不上哪裡怪，但本就是個怪人，怪語也是難免的，約莫是太久不見，已經遺忘他的孤怪正是當時吸引她的原因之一。

建築大門敞著，只以家具做為區隔的大空間視線毫無阻攔，一樓是寬大的客廳，廚房、工作室、展覽間，踏上會發出怪聲的木製樓梯，小尹發現其他人都沒跟上來，二樓大概都是客房，沿途都沒碰上任何人，好像是大叔隨時想來都可以來的地方，他打開其中一個房間，自然地跨步走進，途中大叔一直拉著她的手，她只好跟隨。

放下背包、脫下外套、大叔開始熟練地解開襯衫鈕釦，小尹突然想到，大叔該不會以為他們要上床吧！多年前也總是這樣，他們分開、見面，再分開，又見面，每一次開始與結束，都是以性交作結。但那不是性交，那時她真正是在做愛，緩慢而不激烈地，花費長時間黏貼著對方的身體，要想盡辦法才能把另一個人像自己的皮膚那樣剝下來。除了做愛沒有其他方式傳達。

那些相愛的時間忽然像固體一樣充塞了整個房間，初相識小尹二十八歲，因為一個寫作交換計畫到美國短居，在活動期間認識了當時在校客座四十五歲的大叔，兩個人狂熱地愛了起來，那時，小尹以為往後人生就這樣了，她要與她愛的人到任何地方，他們構想一種可以遠離家鄉，在外地居遊的生活，「世界好廣大我還想帶妳去好多地方。」大叔說，他們編織著美夢，當小尹寫作計畫結束，大叔突然宣布要離開美國，去新加坡，半年後他就會到日本去，「那我呢？我是不是要回去把工作辭掉？」小尹問，大叔支吾其詞，她才發現自己根本不在他的計畫裡，這不過是一段假期戀愛，等到假期結束就該停止，可自己卻怎麼也停止不了，「我會回去看妳啊！」大叔說，「那不一樣！」她說，「什麼地方不一樣？」他問，小尹知道那些諾言不過是因為做愛後感性的戲言，是一種溫存後的副作用，或者，本來她在他的計畫裡，後來他決定不要了。

「為什麼呢？我是在什麼過程裡弄錯了什麼所以他無法再靠近我了。」她反反覆覆檢視相處兩個半月裡的各種徵兆，卻發現所有過程只有吃喝玩樂，無止盡性愛纏綿，那一直是她人生的寫照，自己就像個性愛機器，所有的愛情圖象裡，只有在床上時她才是被愛的，只有做為一個性感寶貝，sugar baby，她才是有價值的，這樣的人誰會將她當成終生伴侶呢？她腦子裡有什麼東西碎掉了，那段時間，或者該說爾後很長的時間裡，她的生活破碎得無法辨認，大叔來了又走，走了又來，每當她想要將他驅離她的生活，他就以更強烈的方式出現在她生命裡，每當她下定決心，不要再與他有任何肉體關係，他們之間就會出現更強的性張力，她記得一次，大叔終於從印度回到臺北，他們關在飯店裡五天四夜，一步也沒有離開房間，她有好多好多的話想要對他說，她想要仔仔細細地問他：「到底出了什麼錯？我們之間還有沒有其他可能？」然而大叔日益沉默，當他們緊密相交時，內心卻可能上演著完全不同的劇情，當汗水、體液、呼喊瀰漫在飯店的房間裡，小尹感覺生命快要被折斷了，她望著他因激情而變形的臉，感覺到愛情的恐怖。

而後他們一年見上幾次面，在臺灣各處的旅館，在亞洲幾個國家，他去開會時她就在飯店裡等待，世界好像塌陷了，這不是他們說過的一起在的國外居遊生活，飯店不是家。她知道他只想跟她約會，不想與她一起生活。

想到這裡小尹清醒了過來，「不行。我得走了。」小尹嚴正地說。怕大叔沒聽清楚似地強調：「這次不行，以後也不行。我已經結婚了。」

她想起自己目前的婚姻生活，平安靜好，正要邁入第四年，她懷孕三個月了，對，是因為這樣才跟好友相聚，前一晚大家歡喜為她慶生，也慶祝孩子的來到（保密了三個月才說啊），面對大叔時想起肚子裡的孩子，懷孕的喜悅被悲傷的陰影覆蓋了。她記起與大叔糾糾纏纏的最後一個夏天，他們半年沒見了，小尹剛結束一個在曼谷的短期寫作計畫，人曬得好黑，活力充沛，一向孱弱的她，甚至學會了游泳，她也準備好要跟一個男人交往，可以擺脫過去苦情的等待生涯，大叔來找她，她感覺有力氣跟他對抗，大叔看見曬得黝黑、變得開朗的她，彷彿重新又愛上了她，他爆發比第一次戀愛時更強烈的熱情再次追求她，她已經知道要拒絕，但你怎能拒絕自己心愛的人事物回到身邊呢？他們像度蜜月一樣去了新加坡、香港，大叔沒有如過去那樣消失不見，他們甚至計劃第二度一起回到美國，那曾經讓她心碎幾乎瘋狂的地方，好像要經過這個儀式把感情修補起來，就在那時她發現自己月經遲了兩週，她考慮了好久才決定告訴他，她永遠忘不了她問他：「可以把孩子生下來嗎？」他平靜地說：「妳決定就好。」

美國之行取消，他們之間又恢復了那種隨時就會破滅的危機感，當她發現月經終於來了，她哭得肝腸寸斷，彷彿孩子曾經存在體內卻因他的冷漠而夭亡。

她知道她不能再見他了，她會死的。

天知道那需要多大的決心，或者那該是多麼絕望才能做出的決定，她記得最後一次見面，大叔帶她去吃飯，他送她回家，她並沒有邀他上樓去坐坐，而是獨自走進大樓門廳，將他擋在大門之外。她才上樓他隨即打電話來，說要帶她去澳門，「我最近很忙，以後再說吧！」小尹說出這段話時，心臟幾乎從嘴裡跳出來，她竟能夠拒絕他？大叔像是突然受到打擊不知如何是好，遲遲沒有說話，也不掛掉電話，他們在電話裡僵持、沉默了許久，好幾次小尹都想脫口說出：「好吧，帶我走。」但她忍住了。而後，他的來電她不再接聽，他發簡訊來，她不回，最後他寄來卡片，卡片裡夾著支票，「給妳買機票，妳隨時可以來。」大叔寫著，她捧著支票哭得唏哩嘩啦，以為「妳隨時可以來」意味著「我們可以在一起」，眼淚擦乾，隨即她又理解那句話的意思代表的是「妳隨時可以來，但妳總也必須離開，我們不可能長時間在一起」，她久久凝望著那張彷彿記錄著他們愛情死亡過程的支票，望得眼睛發痛，她像戒斷一種毒癮般戒斷他，中間還做了一年多的心理治療。這些，他都不曾知道。他們慢慢失去聯繫。慢到就像那段愛情是上輩子的事。

當年丈夫對她求婚時，她傻傻問他：「你真的想要跟我一起生活？你覺得我可以過著一般人那樣的家庭生活？跟我在一起不會煩膩？」丈夫摸摸她的臉，彷彿她問了奇怪的問題：「為什麼會煩膩？為什麼不該一起生活？」剛結婚時，小尹是如何恐懼著丈夫可能在某一天突然就消失不見，他可能隨時會跟她說：「對不起，這不是我要的人生。」

當她發現自己懷孕，如遭雷擊，唯恐這是噩耗再次降臨，她沒敢告訴丈夫，心想著或許該是離婚的時候了。是他發現了驗孕棒，激動狂喜抱著她轉圈，又哭又笑像傻子一樣，她覺得這些反應都像是演電影一樣，那是別人的生活。那時她才驚覺大叔的遺毒未消，她還活在那些恐懼裡。

她花費了多少力氣才真正理解她也可以過著與他人一起、緊密且親密的生活，她花費多少時間，才知道並不是每個人都會離她而去，她有時會被自己的眼淚驚醒，她得花時間一一觸摸才能確定所謂的家庭、先生、肚子裡的孩子，都是真的。要消化大叔在她身上種下的毒，幾乎要了她的命。

她怎可能在這時候突然失心瘋地因為一場偶遇又回到跟大叔那種糾葛的關

係裡？

如今大叔朝她走過來，臉上帶著困惑的表情，小尹想起了他正在培養的樹蛙或牛蛙，說不定就像是現在的他。並不是醜，那是一種人類很少出現的表情，像是看不懂其他人，或覺得自己並未得到理解，因隔閡與無能表達呈現的遲鈍。

「都結束了。」小尹說，正確說來已經結束六年了，不短的時間，他們從來沒有分開過這麼久。雖然從來也沒有誰說過要結束。小尹不去找他，他一再打電話小尹沒有接聽，就等於結束。

「那妳為什麼還來？」大叔問。

對啊，為什麼？這是我無法回答的，也是我正在追問的，這一切荒謬的感覺、錯誤的重逢，都不該發生在我的生活裡，可是我來了，你剛好在這裡，這並不是我的錯誤。

「我們離開吧，他們一定在找我們了。」小尹伸手想拿出手機，手機卻變成掀蓋式的小海豚手提電話，她終於理解一切的感覺怪異是因為「他們正在夢境裡」，知道是夢但還醒不過來，也沒辦法讓其他人瞭解這是一場夢，所以接下來任何事都是不正常的，甚至沒有意義。只是醒不過來。

大叔扣上扣子，背上背包，打開房門彷彿鏡頭倒退播放，畢路突然出現在門口，他們兩人就像敵人似地互望著對方，僵持不動。

「妳不要總是一副受害者的樣子，一直設法要讓我內疚，事實上妳從來不知道自己對我造成什麼影響，只是自顧自地感覺到受傷，被遺棄，被傷害。」大叔語氣激動。

「確實是你傷害、遺棄了她，即使我沒有親眼所見我也知道，在那個陌生的國度裡，你把她遺忘在一間屋裡，幾天幾夜不見人影，別說什麼你還沒準備好，什麼你有親密恐懼症，你感覺她是你生命的負擔就立馬逃走，現在還有什麼資格在這裡大發議論。」畢路與他爭辯。

「事實是不是你想像的那樣，這是我與她之間的事，你不可能明白，不要介入。」

「事實是現在你們已經分開了，不要再把過去拿來說嘴，她現在很幸福，你別再靠近她，你會傷害她的。」

「如果已經過去了，為什麼還要來找我？」

「沒有人要來找你，我們不知道你會在這裡。」

「從來都是想出現就出現，想離開就離開，你不知道你的出現與離開都會把我的生命弄得亂七八糟。」

「我們馬上就會離開。你別再說了。你，會，傷，害，她，的。」

「那我們來說說什麼是傷害，什麼是遺棄，什麼是愛，什麼是悲傷？你確定她知道嗎？你現在幫她發言這種舉動你以為就是愛嗎？」

「都不要爭執了，這裡是夢，夢裡的爭執對現實沒有幫助。」小尹大喊。

「正因為是夢，所以可以深入探究，妳知道吧，真實生活裡我一句重話都不曾對妳說過，但妳卻將我描述成糟糕透頂的人。」大叔喊著。

「那些都是小說。」小尹抗辯。

「妳可以寫小說，我可以進入妳的夢，這樣公平吧！」

「別忘了我也在夢這裡，不是你一個人說了算。」

「現在我們誰說了都不算，但我們還是賣力說著，因為現實中有尚未解決的問題，需要到夢裡來尋找答案。」

「怎麼可能在夢裡找得到。」

「至少我可以說出我無法說出的話，不是妳一個人自言自語。」

「我記得在墨西哥、在舊金山、在香港、在曼谷，妳是那麼快樂，妳不能否認我曾經帶給妳快樂，但妳從來不寫那些，妳只是一次一次回到那些我離開的時刻，卻不知道我是非走不可。」大叔的語氣裡有小尹不曾聽過的哀愁。

「為什麼非走不可？」小尹問。

「如果是我絕對不會拋棄她一個人走掉。你根本沒能力愛人。」畢路搶話。

「那是你不明白，跟她一起生活有多麼痛苦。」大叔抱著頭像是哀嚎。

「你這樣說太過分了。」畢路衝上前逼近大叔。

「她給的愛是無法具體落實在生活裡的，不是那種，那是會互相毀滅的愛，我跟她在一起頭腦沒辦法正常，每分鐘都在激情裡焚燒自己，你試試看每天都像發高燒那樣生活看看，不可能，什麼事也做不了，感覺自己都快燒光了。」大叔眼神毫不閃避地回應。

「自己沒辦法把持自己，還怪別人。」

「不是，我不是要指責她的不是，我在說明我對她的愛並非一般世俗的愛，我想要與她的不是一般男女之間的柴米油鹽，我們之間所擁有的親密是你無法理解的那種深刻，倘若變成尋常夫妻就太可惜了，你不懂的，我並沒有遺棄她，我只是還在設想要用什麼辦法具體落實這份愛，但是我太老了，我已經沒有能力去談一段長時間、近距離、粉身碎骨的愛，我沒有能力那樣去愛她，並不意味著我就不愛她。你們弄錯了，我站在這裡，或你們出現在這裡，一定有意義，我不知道我們站在誰的夢裡，但可以確定的是，這不是我的夢，我是在夢裡也不會把自己說破的，我曾經為她瘋狂，但我沒辦法為她粉身碎骨。」

「又要推卸責任了嗎？她的小說、她的幻想、她的病、她的夢，一切都是她咎由自取。」

「你不要介入我跟她的事，你以為你看得清楚，但你什麼也沒看見，除了我跟她，誰也沒看見。」

「不要再吵了！對，我曾經快樂，我曾經非常快樂，那就是我發瘋的原因，我知道我不會愛人，我的生命有很多問題，我知道寫出那些你看了會不舒服，但是現在我已經好多了，不要再繼續把那些往事翻出來，就不會有人繼續受傷，我沒辦法正確說明前因後果，事實就是兩個相愛的人無法繼續相愛，一個人說出來，另一個沒說。算是我對不起你，我以後也不會再說了。」

「妳可以說，妳可以寫，妳可以做夢，可以告訴每一個朋友，但是請妳理解我，請寫出妳理解的我，而不是一次次透過誤解再把我推到更遠的地方，妳以為妳寫在書裡我不會有感覺，但那些書寫改變了事實，所以我們被帶到這個地方了，妳知道嗎？這裡，這些溫室、花園、木屋，以及更多被妳建造出來的場景，通通都存在，妳跟我還會一次一次去經歷，這是沒辦法的。」

「那時我必須寫出來，否則我沒辦法活下去。」

「妳總是這麼說，就像妳以為我不愛妳，我只是玩弄妳，妳真的這樣以為嗎？但妳才是那個有力量破壞、創造與毀滅的人，正如妳把我帶到了這裡，還有一個我根本不認識的人在一旁。他看著我們爭吵，看著我發怒，看著我好像我還在繼續傷害妳，他不知道，甚至連我現在說的話也不是我想說的，妳知道在真實裡，我是打死也不會說出一句傷害妳的話。我不會開口爭辯，我只是個古怪的老頭。」

「可是我們走進夢裡了，這是我的夢，我知道，我夢裡總是會出現那些巨大的屋子，寬敞的花園，以及最後怎麼都無法撥通的電話。我感覺自己快要清醒了，所以你毋須激動，你只要再忍耐一會，這一切在現實裡可能不過一分鐘，而且夢醒後只有我一個人會記得，請你不要再罵我了，我不想看見這樣的你。」

「妳什麼都不想看見，除非那是妳想要的，所以妳從來沒看到真實的我，妳也不聽妳不想聽的話，所以我的話語都被妳更動，但是那些公路，那些草地上打鼓的黑人，那些被吃掉一頓又一頓的食物，漫長沒有盡頭的車程，我想要給妳生活，但妳看不見，妳說我想要的只是性，但當我要給妳別的東西，妳看得見嗎？妳能相信嗎？那些沒被書寫的，那些被置換的、那些被扭曲、被消滅的，那才是我們真正擁有的。而不是這個破爛驛站與那個什麼都生不出來的溫室。」

「但這是我的夢，你說出的怎可能是你想說的。」

「或許我說的是妳想要我說的，是妳害怕聽到，又期盼聽到的，但至少我在說，透過我的身體我的聲音我的嘴說出口，我可以負責，儘管這個我也不是我。」

「然後呢？這一切有什麼意義？」

「那妳為何還要夢到我？」

「我只是希望你曾經愛過我，就像我愛你一樣，我沒有要傷害、搗亂、破壞你的平靜，並沒有，你是我生命裡可以依靠的港灣，我每次去投靠你你都接納我，我並不知道這些見面可能會影響到你，你看起來就像誰都不可能影響你那樣。」

「因為妳只看得到妳看到的，妳看不到我看見的，妳看不到妳來去之間我這邊的影響，妳也不在乎，到現在妳還說妳只希望我愛過妳，但是我愛過妳，妳要聽的就是這一句吧，這是廢話，妳花了那麼多時間痛苦，用了那麼多篇幅、才華來否認我們發生過的，妳卻說妳只是希望我愛過妳，那是妳希望的嗎？我到現在也愛著妳啊！我從沒有愛過誰像愛妳一樣，正如我知道妳也是如此，這就是我們的悲劇。這個答案妳想要嗎？事實上是妳遺棄了我，妳要投奔到所謂的正常生活裡，可是妳並不知道，妳的生命就是這樣運轉的，妳遺棄了所有人，卻說自己被放逐。妳還要我說愛妳嗎。夠了嗎？這些話足夠妳回到現實裡感覺好受點嗎？那真實發生過的到底對妳有沒有意義？那些花，那些海豹，那些妳曾經討厭過喜愛過的公路旅館、連鎖餐廳，美式漢堡，墨西哥捲餅，舊金山大橋，妳為什麼不寫寫這些。」

「我希望你繼續愛我，大概是這樣吧，愛過，然後繼續愛著，以證明我確實有人愛，以證明我是有資格被愛的。」

「妳都四十歲了，不要再裝幼稚了。妳用腳趾就可以感受到誰愛妳，誰不愛妳，重點是，那些事對妳有什麼意義，妳還不是用自己的方式走到了這裡，妳有能力創造，甚至把我們都裹脅到妳的夢裡，誰又能奪走妳的夢，改變妳想要夢的內容呢，到現在我們誰也沒有辦法清醒過來。」

「那為什麼我還要持續夢到你？」

「妳就是不放過我啊！妳不想放過任何一個妳愛過或愛過妳的人，妳像那些抓寶的人，把愛人都收集到妳的背包，所以妳變得那麼沉重，一點也沒有想要把記憶卸下來，沒有要放任何人離開。」

「我沒有，我不是都不跟你聯絡了嗎？」

「可是現在在這裡相遇，就是最好的證明。妳從來沒走出來過，妳還在等待什麼，找尋什麼，我沒有回答妳，我始終不開口，因為我不想傷害妳。但妳活在傷害的版本裡，我怎麼說妳都會受到傷害。」

「我們不可能靠著這種爭執釐清愛的傷害，因為傷害是愛的一部分，傷害是愛無能完成的必然損傷，妳感覺無辜，他覺得受辱，你們的真實對不上，話語兜不在一起，你們記住的與遺忘的，書寫的與沉默的，都是同一回事，只是它們用不一樣的方式呈現，那是我們不能說破，即使說出來也沒有用的，我們都不是自己的主宰，在這裡，在外面，我們賣力說著想著編寫著的，是被寫好的劇本。」畢路擋在他們之間。

「你走開。不要用你的繁複華麗的詞語讓事情變得更嚴重。」大叔狂吼。

小尹感覺到夢正在裂開，而畢路與大叔仍你一言我一語進行更高難度的哲學辯論，她聽見貓叫聲，咪嗚，咪嗚，是每天早晨五點半都會喊醒她，讓她起床上廁所以免膀胱發炎，而她會順道餵牠吃一點乾飼料，那隻從來都不讓人抱，不給摸，卻又依賴著她的，有自閉症的貓，即使肚子裡有孩子，小尹卻覺得這隻老貓的靈性足以穿透她複雜幽暗的心，有能力容納她那些破碎瘋狂錯亂的夢，足以在這個看似一切安穩的婚姻與家庭生活裡，在她身為妻子，與即將的母親身分之外，留給她一個「作夢者」的位置，她是在生命最破碎的時候撿到這隻貓，貓陪伴她度過那些離開大叔漫長的過程。

貓咪以被規訓過的生理時鐘準時叫醒她，但她卻醒不過來，畢路與大叔持續爭論著，她聽見大叔難得高聲的談話，從來也不曾出現過的激烈語調，那聲音、那些話語，完全不是她記憶裡的大叔，她聽得眼淚婆娑，這些都她自己的大腦虛構的，是過一會就會被貓叫聲完全打破的夢境，這是她清醒著時絕對不會聽到的對話，大叔不是大叔，畢路不是畢路，小尹也不是自己，這場夢被什麼力量叫喚出來，那些對話卻是她需要聽見的，聲音變得模糊，但大叔還在激烈抗辯著，他愈是抗辯，小尹愈感到平靜，在那與現實相反的夢裡，大叔說出來的那些話，或許才真正安慰了她心裡某處還沒有痊癒的痛苦，那是家庭、丈夫、與孩子都安慰不了的，空缺的傷口，看不見的傷害無從痊癒，必須用虛構的方式得以進入撫摸。貓叫聲愈來愈清晰，她的眼淚已經不再流了，臉上乾淨一如睡前，她垂懸在夢境邊緣，心想待會可以移動身體，就能夠輕易碰觸到她真實生活裡的愛人，她肚腹裡微微的心跳，她擁有的都沒有失去，然後一切都會醒來，花園、溫室、木屋、牛蛙，什麼都不復存在，她要拚命記下那些只有夢境，可能也只有這一次，稍縱即逝的聲音，那些對話，誤解、爭論，那漸漸遠去的聲調，那其中隱藏著她渴望擁有的，她害怕面對，或甚至是她幻化出來的。誰也不知道夢到底是誰製造的，透露的是預兆？事實？反面？或者只是一團無處可去、沒法消化的記憶體阻塞物需要被歸檔整理。

噓，她不說破，即使到最後也不喊醒那些夢裡人，她要讓聲音漸小漸微直到不可能聽見，她會毫不反抗靜靜讓貓把她徹底喚醒，手指還依依地抓住那些聲音最後的痕跡，那裡誰說著的，即使最不愛最恨的最傷害的最痛苦的，也好過什麼都不說，什麼都沒回答。

U評論

潘怡帆

單義性

~~*L'abécédaire de la littérature*~~
~~*U comme Univocité*~~

作品指認文學，卻不等於文學。創造的差異性使作品裡浮現文學的印記，然而作品的個別性卻從未統括文學的曲調，就像單一聲部之於交響曲，它們既是一個整體，卻又各自表述。每一器樂都是交響曲的部分卻也是各自獨立的個體，它們鳴唱著自己的旋律，也交響迸裂出非屬於它們任何之一而是使單一不可聽辨的單義性之歌。單一卻不是任何器樂聲，合鳴卻不僅止於一種節奏，交響是萊布尼茲對海嘯的察覺，海嘯既非單一波浪亦非波浪一致性之聲，而是海浪前仆後繼彼此呼喊的怒吼。既非一致卻又無法切割的濤聲難以名狀，促使差異的微知覺構成大寫聲音的在場，那是廣納百川、眾生喧嘩與星群的匯聚（而非單一川流、獨白與孤星），鳴奏出無限多的異質共聲／生。

胡淑雯從翻譯「笑」中辨識單義／溢（débordement）性。翻譯蒐集非同一的字詞（笑＝rire＝laugh，微笑、訕笑、見笑、嬉笑都是「笑」），詞義的雜多一再以複義溢出，最終召喚出「同一之不能」的單義／溢性。小說提到，學校裡不可以笑，因為「笑是懷疑，是輕蔑。笑有傳染性，瞬間就能爆破」學校儀式（升旗、演講、訓話、敬禮）裡訂下的規矩。笑崩毀秩序，它犯錯，因此不准笑，不准搞破壞也不該成為引人發笑的嫌疑犯。女孩為自己被剪壞成一道斜線的髮型受罰，歪斜破壞了校園律法的方正，因此斜線也是笑，斜線不可以。然而，笑有時亦不是笑，引人發笑的髮型沒有任何人笑，但當主任授權後，笑聲一致如雷。笑成為秩序，指認建制的威力，並從笑的馴服中衍生第三種不可見的笑：乖謬。被規範的笑毀棄了自身的律法，蛻變為瓦解笑的笑。對破壞的破壞，以癱瘓笑的法則來衍生終極之大笑，因此「不准笑、不能笑、不該笑」往往最好笑。由是，胡淑雯使笑發笑，使不笑更好笑，笑與不笑同時不可遏抑地放聲大笑。一旦笑溢出其邊界，笑或不笑皆好笑，則無物可阻擋之。它遵守笑的法則，亦通過破壞自身的秩序使不該笑的地方變得好笑。通過爆破一切，希特勒變身卓別林。笑潛入每個字句，從所有的描述中萌生乖謬的笑意，體罰學生的老師被學生的執拗同步處罰；對月球引力毫無尊重使老師蛻變為失重的龜；兩張同樣漲紅的臉，堅持與窘迫彼此捉對映照出哈哈鏡的效果。在舉國同哀的國喪典禮上尿失禁，沒有比此更不能笑卻又好笑的時刻。亦是在此刻，海舅舅親蒞了少年踰越禁忌而誕生之「笑」的神聖性，那是尿水從濁黃拔高到水瀑的詩意灌注，從哀悼不能停到停不住尿液之間對「不能」的意義衝突與從轉譯中重獲的生命力。唯獨在不能笑之處發笑才顯乖謬，意義因竄改而從制度中奪權，被禁錮的學生覺察了內在於「不准笑」中本源的「笑」果，像被罰站的小海通過想像力逃離課堂的人偶塑架。被體制孤立既是放逐的懲處，亦是從方正中解放的笑的開端。於是框格內的意義翻牆出線，歪髮女、小海、另一個女孩、海舅舅與少年的差異行動，分頭將建制不容踰矩的律法撐歪。翻譯使笑溢出意義的邊界，被感染的世界使笑的單一認識陷入沉默。當意義既指向又背叛自身時，單義／溢性將開始唧唧哼唱。

胡淑雯的單義／溢性使字詞不斷跌出事物之外，意義由之相生相隨。童偉格的單義／亦(et)性則脫離字詞意義的相互追認與對差異的抑制，創生意義不一致的內在共振。小說開場的第一句話奠定了全文的微型模組：「姊姊和離婚多年的姊夫，最近又結婚了」。離婚與結婚成為一體兩面的在場，它們據守著分離與結合的意義兩端，相互背反且無法共容。離婚不等於結婚，但卻以不共可能的狀態自我完滿：必須離婚才可能（又）結婚。離婚因而成為結婚的潛能，結婚蛻變為離婚的起源，唯有彼此差異才使它們相互誕生，共在的前提不再是同一的無性生殖，而是有不一致才能共構的有性生殖。必須差異才能共組的單義／亦性使小說中的生死不再是互不往來的兩相分離，而是「船與港的合圍」，去信與來信間不同信件的循環，是差異的接力交替。因而吳佩真迫不及待地從姊夫父親那「無論和誰正聊著什麼，他都會自動導航，細數自己終身擔任房東一職，種種不為人知的艱難」的一致性中逃逸，轉而在身分與發展上皆不斷褪殼的「流變—他異」：她的姊姊是蔡奕賢的，蔡的房裡住著她，她的房間裡卻住著姊姊。蔡的一句「託孤」往當兵的現實與死亡的預兆分歧；蔡母則是將她雙層地「看穿」：終將遺忘蔡（丟棄酣睡的他獨自下車）的吳，與「將要一點一點，兌現在眼前」的蔡。吳在英聽課上延續著蔡聽過的故事，又從同一則故事中歧出另一種版本；蔡姊與兒子既翻印又游離出蔡母與蔡，一個站成防護圈護住遊樂場中的兒子，一個將兒子封印在他已離去的空房裡。小說的角色彼此間既結合又相互分離，就像郵差把不同人的信件皆丟包在樓梯間，蔡用同一個信封寫信給兩個人，初登港的人披上離去者破爛的皮囊，彷彿不同的場域裡都熊熊燃起響應的烽火。而所有的結合亦總已呈顯不共容的差異，因此吳以撞見姊夫母親遺照的方式與之重逢，她的去信終將歸返自己，就像「她會看見，那個從她房裡走來接電話的人，如今，走到她面前，告知她，原在這房裡之人的死訊。」通過身分的繼承與流轉，童偉格把蔡的死亡交付到吳的手裡，住進蔡房裡的吳披上蔡的皮囊成為未亡人。體察死亡曾經親蒞卻未死的倖存者由是展開獵人格拉庫斯的死亡漫遊，切膚的死亡印記使吳非吳，亦非蔡，蛻變為無可辨識之人，應驗了「託孤」的第三層意涵，死亡不可知的孤獨將由未亡人不可還原的質變延續，通過再也無法挽回原狀的離場（蔡已死、吳非吳）完成意義鄰近卻永不相隨的單義／亦性。

童偉格的單義／亦性以接續又分離的方式建構了差異的內在共振，因核心意義的取消而使字詞從「必須跟隨」的統一性中解放，由書寫整體中誕生自身的單義性。單義性不再是從差異字詞中提煉出共通的本質，不是從你、我、他的殊相中淬鍊出人（稱）的共相，而是淘出差異的字詞整體，是流竄在我們之間的「誰都不是」之聲。單義性不消解任何意義，卻使一切意義共在，因此小說核心缺席（蔡已死），無共通（單子無窗戶）的諸眾共振著預定和諧。如是「本源的消失」啟動了駱以軍小說中對單義／異性（alienation）的演繹。像接力賽一樣，小說通過相似主題的「移形」構成意義上的「換位」，看似寸步不離的場景已遶經宇宙盡頭折返。小說始於一個偷情之吻的描述，從小巧的舌尖逐步向外延伸出敘事者與富裕的情婦在旅館的景致。奢華的房間又移轉到百年前歐洲皇室的殖民旅行，再從外國人的幻想彈回開場的深吻，同步打開多年以前的中學回憶，由是明朗了敘事者與情婦青梅竹馬的經過。情婦身上疊出剛烈少女的深情輪廓，她在敘事者闖禍時出手相救。話題重新返回旅館，少女已成為虧空丈夫並與舊識偷情的貴婦。闖禍衍生了義氣的兩種表現：敘事者保護情人的愛情承諾，與太太保護丈夫的夫妻情深。背叛卻又愛護丈夫，自承「壞女人」卻帶著狡黠的情人的笑，令敘事者滿心困惑地拉扯出另一樁矛盾，那是偷情最原初的開場，也是小說意欲返回的深淵。敘事者去聽演唱會卻聽到孟山都的惡行，像《不可能的任務》總在不相干處交付任務，使無關成為關鍵，非關係成為至關重要的關係。孟山都以新種子汰換舊種子，使傳統農業成為「回不去」的抒情詩之夢。「回不去」亦指向作者擺盪在字詞與字義間一路換手的「詐騙術」與小說的本源，那是從「回不去」中湧現的本源想像。偷情是「回不去」中學時代的贗品，親吻一再追憶著當兵時收到的棉花軟糖：「這是我的吻。你可以在最苦的時候，把它放進嘴裡融化，或是一直收藏它喔。」偷情之吻的本源是一顆年代久遠的棉花糖，是「宇宙風爐裡那朵忽熄忽亮的靈魂火苗」，是使漂浮於宇宙邊際的機器人不再孤獨、悲傷的神聖之吻。不吃棉花糖無法得知此本源的真相，卻能對其滋味永懷如史詩般壯闊的盼想；吃掉棉花糖則在終於領會神聖之吻的同時摁熄對此「靈魂火苗」

的想像，現實的結果將摧毀幻想的無邊無際，而領會的感受也將隨著時間拉長消失殆盡。吃與不吃的難題暈染出換不換種子的漸層，而敘事者最終吃掉棉花糖則重演了孟山都換掉種子所引發的鄉愁式的悲劇：回不去了。由本源所啟動的想像可以縱情馳騁於遐想卻毫無風險，因為真相緊攥在手心，答案隨時可以揭曉，安定感永不離身，然而由本源消失所展開的追憶則是一場無源頭可返回且無止盡地流浪。不同於繞著本源想像的圓周運動，追憶總已意味著本源的終結，失去核心的參照點將使每一次的追憶以差異的方式扭曲、跳接與變形，不同的追憶取消真相驗證的有效性，並使所有的追憶跌入無根的幻想。追憶成為注定離心的遊牧，就像小說中每一個溯及既往的主題都將被灌注新的脈絡，成為與此前不同的敘事，然而在乍看漫生亂長的枝蔓間，卻同步浮現單義／異性的音頻：關於那無可返回的消失。

駱以軍的「無本源」使單義／異性無法經由回溯來蒐集一致性的解讀，相反的，字詞訴說著已異化的意義，吻、偷情、旅館、孟山都不斷從一種意義流變往另一種。單一字詞卻無始終如一的意義，通過「同一不可能」所取消的本源構成單義性的共鳴。差異的單義性將智性往極端的兩邊撕裂，誠如楊凱麟強調：「一邊朝紛亂的事物開放，一邊朝向語言的單義性」。單義性必須絕對差異，然而，如是龐大異質聲浪將嘩嘩響奏成唯一一股樂音，像內建在《預知死亡紀事》中的「前未來式」。這意味著單義性只有在作品完成之後，才能彰顯出其總已與作品內的每個字詞共在，它將絕對肯定寄存於尚未抵達的未來，未來將以開展命運的方式摺入此刻對它的預示，像黃崇凱從單義／弈（jeu）性中提煉出字母J的同聲異作。字母J的貓仔與字母U的金池操著相仿的閩南腔，他們各有一位改變人生的朋友，馬三與阿雄。馬三引進抓娃娃機，成為字母J貓仔事業的主要舞臺，而被阿雄帶離鄉的金池則「去後菜園仔轉大人」，他的右手被工廠機械碾斷，返鄉後成為真正缺手偏氵旁的金池。貓仔在工作室養了一票小姐，金池也在不知情中「娶某作婊」。貓仔的抓娃娃機或金池的回收業都是轉手業，產品經過包裝整理便二度兜售。馬三預言了字母J的結局，阿雄則預言了金池妻子的懷胎。字母J結束在清晨貓仔發現空蕩蕩的抓娃娃機，「櫥窗裡面，只剩下機械爪子仍靜靜懸掛，閃閃發亮」。字母U同樣結束在破曉的「貓霧仔光」，金池發現自己堆滿回收物資的空間，赤裸得像是「他還沒開始做資源回收，就像他有記憶以來一直閒置的空白，就像這空白會這麼持續下去」。字母J與U以雙核對倒的方式完成探戈般的單義性之舞，字母J的貓仔精算風險，操控人生於股掌之間；字母U的金池則將自己的人生交付在他人手裡，無論是由母親談妥的婚姻，或是任由阿雄拿他的身分證當人頭借款，他不加思索地將自我的意願放逐於人生之外。他們像不斷改變現狀的《城堡》K與接受命運安排的《審判》K，從不同層面翻摺著同一齣劇碼：無論積極或消極、主宰或被主宰、在意或不在意、用心或不用心皆無力改變任何現況，不同款式的掙扎卻毫無意外地落入單義性。字母J與U，「賭局」對偶「單義性」，兩個概念不同的字詞通過黃崇凱的揉捏成為相互嵌入的曲調。賭局是確定性的（再）翻盤，從下好離手後推翻一切已決的定論，單義性則從多與差異的書寫中聽見單一的大寫聲音。它們所瞄準的皆非落在格子裡的字詞所以無有重複，然而賭注在於從寫下之物激盪出從未遺留任何墨跡卻總已纏祟現場的未定與共鳴。從字母U重返J，後者成為前者的「前未來式」，黃崇凱借單義性的詞條闡明其早已粉墨登場卻一再變臉於每個差異字母裡的共在之聲。

倘若駱以軍和黃崇凱的字詞彷彿長有拉鍊，一拉開便走出另一人，再拉開即踏入另一時空，他們內建於相似性中的「有所不同」，誘引出布朗肖那「相同不同於相同」(le même n' est pas pareil au même)的單義性。那麼，顏忠賢則擺布亂石陣，使每一個字詞都堅硬的無法穿透，嶙峋嵌滿地面而寸步難行：「不明事件正在群集圍觀」。小說圍繞著「斷水」的問題展開：「斷水，那幾乎是某種卡夫卡式的噩夢般的……房間隱隱發臭」，逐步長出怪霉、餿味、糞尿、屍臭、詛咒、亡魂、惡意、噩夢、拍壞的電影……然而，這些聚攏的「惡」卻無法回溯其共通的起源，因為它們並非湧現自「水」的概念，而是「水的闕如」，它們的起源並非與它們自身一致的「有」，而是背反它們的「沒有」。這導致它們成為無源頭可指認的孤立在場，甚至無親緣可辨，因為那唯一能使它們產生關連的理由(母體)並不存在。主角提到，沒水使他想起一杯水的充足(可以刷牙洗臉洗澡)，與不斷浮現各種斷水的可能原因，從「缺乏」中迫出的總是不同於己的他異之物，是「有」而非「沒有」，是多不會少，是異類而無同質。被「斷水」斷根，棄置現場的各種字詞就像小說裡國宅頂樓的水表，結果具在，光天化日並且毫無遮蔽，它們甚至沒有難以辨識的外型，而是單一且同樣用粉筆標誌著清晰可辨的阿拉伯數字。即使存在證據確鑿且毫無二致，主角與老水電工卻面面相覷地讀不出「什麼意思，不知道什麼人寫的，也不知道是為什麼原因寫」。由是，小說的關鍵恐怕不在同或不同、一致或分歧、有或無理解，因為留在文中的一切線索皆指向根源不可考與不可知，並意有所指地使被寫下的字句退居次位，不再如其所是。就像噩夢要指出的不是自己而是斷水，然而斷水並非任何物的在場，而是缺席。小說提醒我們，「故事的情緒比情節要清晰」。情節紛亂、錯綜、荒誕或前後不連貫無非是為了擠出與這些字詞皆無關，卻又游離在它們之間，無法與任一合併而在它們之外，幽靈般纏祟所有字詞，一再被提醒卻又無法被指認的「缺席」。缺席排除一切字詞，使它們鳴唱著外於自身之聲，它在已完成之物中置入理解的不可能性，使人一再察覺「所說」脫離「所是」，使缺席從無知無覺的「不在場」返回可感的在場。小說結束在宛如開場的擬像與秩序顛倒：「他也老想起陽萎的那一晚那一個太過沮喪的噩夢，一如斷水那幾乎是某種卡夫卡式房間隱隱發臭充斥著附身般的氣味那麼地糾纏」。結局的噩夢從形容「斷水」的狀態蛻變為主詞，將籠罩小說的斷水現實吞入內在於一場噩夢中的「非現實」與僅止於影射的狀態。當我們企盼從噩夢「反客為主」的勝利中尋獲理解小說的線索時，便會發現「陽痿那晚的噩夢」早已分歧成兩個不相干的夢境：一個指向發出賽車引擎聲的「老錶」，另一個則指向發出屍臭味的「老婊」。所有的認識無非是為了鋪陳認識的無能，顏忠賢使字詞蛻變為不可判讀的遠古圖騰，它們意有所指的無一重複，像風在無蟬的空殼中迴盪出單義／佚(disparition)性之聲，在遍布的字詞亂局間共鳴著「消失」的同義複聲。

顏忠賢將現實反摺入夢，再用分歧的夢境碎裂了區辨事物的可能性，使得任何認識一再跌回不認識，理解總是轉瞬即逝。陳雪則從小說一開場便已蜷曲於主角小尹的夢境，她在醒不過來的深沉睡眠中睜開眼睛，穿過濃密的闃夜，眺望格外清透的世界。小尹與友人悠哉地漫步林間，巧遇消失六年的舊情人，她於是在夢境中憶起兩人已逝的愛情，從非現實的夢境裡撐起另一個「非當下」時空。既激情又傷痛的舊日回憶映照著小尹現在平穩的幸福（結婚四年、懷孕三個月與友人畢路、判關、尼旺一起慶祝），夢中的她基於理性，拒絕與舊情人重溫舊夢，卻激發他一連串的困惑、不解與憤怒。舊情人怪小尹總是自己找來，無視她對他的影響卻「一副受害者的樣子」，自顧自地感覺到受傷，被遺棄，被傷害，還透過小說把他「描述成糟糕透頂的人」。他對小尹前述回憶的質疑推翻了夢的私密性，使內在於小尹個人的回憶與夢逐一外溢。夢境不再是專屬於小尹的，而且也是擁有夢境驛站的夢中（舊情）人的，他於是在她的夢裡追問她（而非他）的闖入：「如果已經過去了，為什麼還要來找我？」小尹一句「我們不知道你會在這裡」則將夢境主人擴增為複數，像搭建起與現實平行的另一時空，諸眾得持不同的觀點在此爭執與深究。與此同時，小尹的叮嚀猶在耳際，「這是一場夢，所以接下來任何事都是不正常的，甚至沒有意義。」夢境使諸眾之言搖擺於爭執非爭執、回憶非回憶（夢中的、主觀改造的、小說扭曲的……）之間，作者不斷給予意義再全盤否認，乍看背反的意義實則一體兩面：「妳遺棄了所有人，卻說自己被放逐。」遺棄即放逐，離開眾人則使自己成為離開的那一個，從遺棄到被遺棄，主動流變為被動，寫下的字詞不僅自我樹立，亦釋放了被禁錮於字形內的複義之影，使說明成為被說明，同一種字詞卻構成紀實與虛構。小尹與舊情人在狀似分歧的回憶裡複誦相同的傷痕，使雙聲雙頻疊合成一人單影，不同版本的指控疊合成大寫傷害的單義／議（discours）性。於是小說提到：「不能說破，即使說出來也沒有用」。真正傷痛的從來不是某一字詞或意義，而是使任何字詞皆發疼、蜷曲、灼燒與迸裂。當所有字詞皆併發著同一種炎症的徵兆，傷痛便無法隨著字詞的變換而消弭，反而揮之不去的殘存於一切表達當中。因此紀實的「痛」字從未使人痛徹心扉，然而強顏歡笑、透骨酸心、肝腸寸斷卻使五臟六腑、表皮到骨肉無一不在發出痛的哀鳴。小說中的字詞無非是為了碰觸那說無可說、無共通卻人皆有之的個人內心的小火山。戲劇化的轉折引發眾人泫然欲泣，《包法利夫人》匯聚的淚河裡藏有各家不同的心事，史蒂芬金的每個字詞都烙有大寫恐怖的印記。單義性是字詞團團圍捕的狀態，由是巴代伊完成《內在經驗》，米肖（Henri Michaux）寫出《悲慘奇蹟》，貝克特寫下《無名氏》，漫天的描述皆只為了發出單一的「大寫聲音」。

六位作家有著六種跌宕不羈，千手如來地指往單義性的差異面向，在華麗地還原每一個單詞複／覆義的時刻裡，共構名為《單義性》的交響曲。

作者簡介

◉策　畫

楊凱麟

一九六八年生，嘉義人。巴黎第八大學哲學場域與轉型研究所博士，臺北藝術大學藝術跨域研究所教授。研究當代法國哲學、美學與文學。著有《虛構集：哲學工作筆記》、《書寫與影像：法國思想，在地實踐》、《分裂分析福柯》、《分裂分析德勒茲》、《發光的房間》與《祖父的六抽小櫃》等。

◉小說作者（依姓名筆畫）

胡淑雯

一九七〇年生，臺北人。著有長篇小說《太陽的血是黑的》；短篇小說《哀豔是童年》；歷史書寫《無法送達的遺書：記那些在恐怖年代失落的人》（主編、合著）。主編《讓過去成為此刻：臺灣白色恐怖小說選》（合編）。

陳　雪

一九七〇年生，臺中人。著有長篇小說《無父之城》、《摩天大樓》、《迷宮中的戀人》、《附魔者》、《無人知曉的我》、《陳春天》、《橋上的孩子》、《愛情酒店》、《惡魔的女兒》；短篇小說《她睡著時他最愛她》、《蝴蝶》、《鬼手》、《夢遊1994》、《惡女書》；散文《像我這樣的一個拉子》、《我們都是千瘡百孔的戀人》、《戀愛課：戀人的五十道習題》、《臺妹時光》、《人妻日記》（合著）、《天使熱愛的生活》、《只愛陌生人：峇里島》。

童偉格

一九七七年生，萬里人。著有長篇小說《西北雨》、《無傷時代》；短篇小說《王考》；散文《童話故事》；舞臺劇本《小事》。主編《讓過去成為此刻：臺灣白色恐怖小說選》（合編）。

黃崇凱

一九八一年生，雲林人。著有長篇小說《文藝春秋》、《黃色小說》、《壞掉的人》、《比冥王星更遠的地方》；短篇小說《靴子腿》。

駱以軍

一九六七年生，臺北人，祖籍安徽無為。著有長篇小說《明朝》、《匡超人》、《女兒》、《西夏旅館》、《我未來次子關於我的回憶》、《遠方》、《遣悲懷》、《月球姓氏》、《第三個舞者》；短篇小說《降生十二星座》、《我們》、《妻夢狗》、《我們自夜闇的酒館離開》、《紅字團》；詩集《棄的故事》；散文《胡人說書》、《肥瘦對寫》（合著）、《願我們的歡樂長留：小兒子2》、《小兒子》、《臉之書》、《經濟大蕭條時期的夢遊街》、《我愛羅》；童話《和小星說童話》等。

顏忠賢

一九六五年生，彰化人。著有長篇小說《三寶西洋鑑》、《寶島大旅社》、《殘念》、《老天使俱樂部》；詩集《世界盡頭》；散文《壞設計達人》、《穿著Vivienne Westwood馬甲的灰姑娘》、《明信片旅行主義》、《時髦讀書機器》、《巴黎與臺北的密談》、《軟城市》、《無深度旅遊指南》、《電影妄想症》；論文集《影像地誌學》、《不在場——顏忠賢空間學論文集》；藝術作品集：《軟建築》、《偷偷混亂：一個不前衛藝術家在紐約的一年》、《鬼畫符》、《雲，及其不明飛行物》、《刺身》、《阿賢》、《J-SHOT：我的耶路撒冷陰影》、《J-WALK：我的耶路撒冷症候群》、《遊——一種建築的說書術，或是五回城市的奧德塞》等。

◉評論

潘怡帆

一九七八年生，高雄人。巴黎第十大學哲學博士。專業領域為法國當代哲學及文學理論。著有《論書寫：莫里斯．布朗肖思想中那不可言明的問題》、〈重複或差異的「寫作」：論郭松棻的〈寫作〉與〈論寫作〉〉等；譯有《論幸福》、《從卡夫卡到卡夫卡》，二〇一七年以《論幸福》獲得臺灣法語譯者協會第一屆人文社會科學類翻譯獎。

字母會U單義性

作者——楊凱麟、胡淑雯、陳雪、童偉格、黃崇凱、駱以軍、顏忠賢、潘怡帆
總編輯——莊瑞琳
責任編輯——吳芳碩
校對——王梵
裝幀設計——霧室
排版——張瑜卿
行銷企畫——甘彩蓉

出版——春山出版有限公司
地址——臺北市文山區羅斯福路六段二九七號十樓
電話——〇二—二九三一—八一七一
傳真——〇二—八六六三—八二三三

經銷——時報出版企業股份有限公司
地址——桃園市龜山區萬壽路二段三五一號
電話——〇二—二三〇六—六八四二

製版——瑞豐電腦製版印刷股份有限公司
初版——二〇二〇年二月
定價——二二〇〇元（套書不分售）

國家圖書館出版品預行編目資料

字母會U單義性／楊凱麟等作
－初版－臺北市：春山出版，2020.02
面；公分
ISBN 978-986-98042-8-8（平裝）
863.57　　　　108019335

EMAIL SpringHillPublishing@gmail.com
FACEBOOK www.facebook.com/springhillpublishing/

填寫本書線上回函

L'abécédaire de la littérature: Ultime